帥醫筆記

之4 生死之間

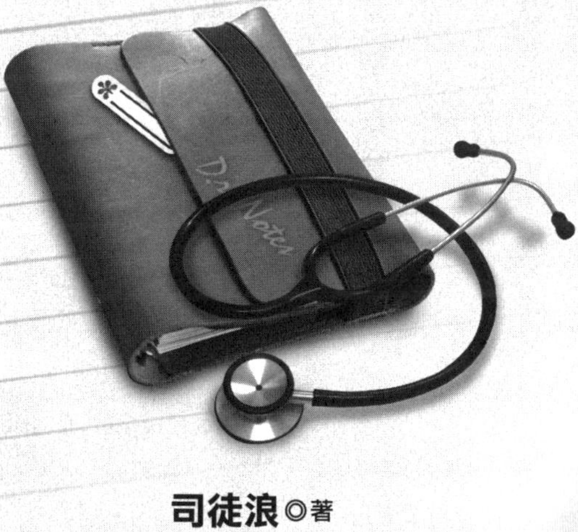

司徒浪◎著

我是一名婦科醫生。

每天，我都會接觸到女人那些難以啟齒的病痛，

我的職責便是為她們解除痛苦。

假如我看她們的笑話，出賣她們的隱私，

將她們的病痛當做閒聊話題，我就是個毫無廉恥的卑鄙小人。

我總認為女人比我們男人乾淨，她們不像我們男人，

為了競爭爾虞我詐，用心計、耍手腕，

她們心地善良單純，我因此本能地對她們產生憐愛。

我覺得女人真是一種奇怪的動物，她們有時候很難讓人理解。

女人的情感，就彷彿是天上飄著的一片雲，來無影去無蹤。

有時候你會覺得她們很變態，真的，她們固執起來的時候真的很變態。

說到底，男人或許是一種極端自私的動物，在他們眼中，只有獵物，沒有女人。

於是，許許多多說不清道不明、不便說也不能說的事情發生了。

而我只能將一切藏在心中，或者，寫入我的筆記……

——馮笑手記

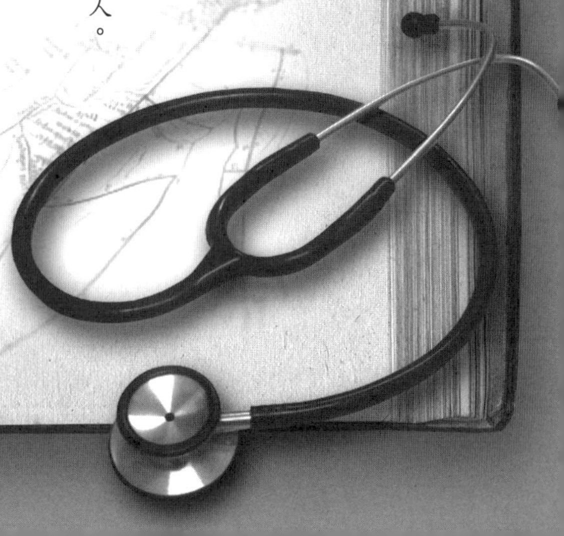

目錄

帥醫筆記

第一章

小生命

「陳圓，你有孩子了？」莊晴忽然地問道。
她的臉頓時變得通紅，低著頭，輕聲地道：
「嗯，我最近覺得不大舒服，就去醫院做了檢查。
醫生告訴我說，我懷孕了。」
我張大著嘴巴看著她，「陳圓，你怎麼不告訴我啊？
你去看醫生怎麼不跟我講一聲？我就是婦產科醫生啊？」

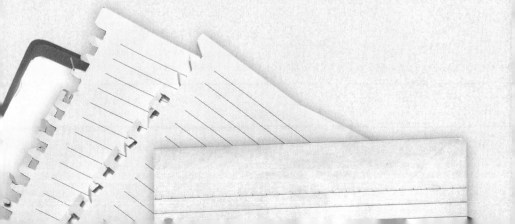

激情的時光一刻一刻劃過，她溫順，配合，他堅挺，陽剛。這次，在我們彼此的心中，似乎沒有了任何的雜念，他們一心只想讓對方從自己身上得到滿足。人性的欲望，在這魚水的交融裏，綻放出別致的光彩。兩副生命之軀的結合，是副風景畫，只可惜沒人能觀賞得到。床在顫抖，床單在起皺，但這一切絲毫不影響我們的心情，我在給予，她在索要——

一會兒之後，莊晴忽然發出了「咯咯」的笑聲，「馮笑，你等等。」

我愕然不解，即刻停止不動，她擺脫了我的身體，坐立在床頭。她朝我銷魂地一笑，隨即用她兩條大腿的內側來夾住了我的根基。

我對她的動作頗為驚訝，但那種愉悅的感覺實在是讓人銷魂。我渾身上下全被誘惑與刺激佔據著，身下的那東西更是得意的昂著頭，不聽使喚地想尋找她身體上最神秘的入口，這種不是結合的結合感，感覺真是奇妙，就好像身下被一團柔軟所溫暖著，欲罷不能地想繼續探秘，繼續前進。

我估計莊晴是第一次使用這種方式，因為我發現她並不是十分熟練。但她能看得出來我已經入戲了，她的兩腿交錯於我的身前，讓我有機會輕撫著她那巧奪天工的玉腿和玉足，一陣陣痙攣向我傳來，這種切切實實的感覺實實在在地把兩性之間的誘惑瞬間引入了極限。

我喜歡她這種新花樣兒，這樣很讓人忘乎所以地去享受。

莊晴一邊玩花樣一邊朝我的那個部位瞧著，有時候還用手輕觸兩下。我也去探尋她的那個神秘的部位，發現她的那個地方早已經洪水氾濫，愛水成災。

她輕輕地撩開自己小褲的一角，找準了位置，顫顫地朝我坐了下來。

這一刻，真有一種天地結合的驚世感覺，我再次體會到了一次艱難的闖關歷程，雖然很短暫，雖然有點兒痛，但那種爽到極致的感覺，卻是萬分真實的，我忍不住地捧著莊晴的屁股，輕輕地揉捏著，彷彿要向她索要更多。

穿著衣服做愛，這種方式是我們第一次使用，這確實是一個很好的創意，因為神秘，所以更有那種緊促的感覺。而且就是在這一刻，嗔羞的莊晴不由自主地發出一陣呻吟，我知道，她已經感覺到了我排山倒海的氣勢，她的身體因為我的刺入而感到格外充實，這種充實的感覺，足以讓她飄飄欲仙，如癡如醉。

現在，這不再僅僅是肉體的摩挲，還加上一層絲質小衣的摩挲，在這愛欲與雌雄本能相互摩挲的過程中，誕生了知足，誕生了樂趣，不過是相當簡單沒有任何科技含量的動作，就能產生大於擁有千萬資產所帶來的快感，實在是令人匪夷所思。

我沒看錯，是莊晴在動，她在羞澀且控制著力度地運動，彷彿生怕會弄疼自己似的。

就是在這最簡單的活塞運動中，雖然人體所分泌的潤滑液已經分量足夠，但是因為那處的狹窄顯得有些艱難，那簡直就如同一根手指頭被一隻手緊緊攥緊時的束縛，而這種束縛，恰恰是所有男人所追求的，因為這樣，才能實實在在地體會那種陰陽結合的美妙，也只有這樣，只能讓上天賦予男人的那點兒尤物，更大面積地感受對方身體裏的誘惑和震撼。

也不知這樣了多久，莊晴有些累了，停止了動作，露出了滿足地一笑。

接下來，便是更瘋狂的狂風暴雨，我們相互撕扯著對方最後的衣物，終於以一副沒有任何掩飾的生命之軀互相展現。一個是壯碩飽滿的年輕猛男，一個是身姿窈窕，風情萬種的美妙俏嬌娘，在這種銷魂的氛圍裏去衝撞，去曖昧，姿勢不知道換了多少次了，衝撞也不知道進行了多少次，但是絲毫也不覺得厭煩，反而是越累越猛，即使雙雙出了汗，也感到不亦樂乎。

多麼美好的世界啊。

人生，竟然是如此充滿樂趣，在彼此的相互愛撫中，在互相曖昧的眼神中，在這身體一次一次地合了再分，分了再合的衝撞聲中，將人性最為美妙的旋律演繹到了最高境界。她使出渾身解數去滿足我。

躺在我的身下，莊晴在粗喘著氣，我感覺到她的那裏面在痙攣。

她皺著俏眉，細聲地問我道：「我，本姑娘伺候的你怎麼樣？」

我哪有時間陪她說話，只是用更猛烈的曖昧，當作答案饋贈於她。

我能感覺得到，莊晴一直在迎合，雖然她的動作幅度並不大，但卻是清晰的，她彷彿在向我展現自己的一切，包括身體，包括深愛，這種驚天動地的較量，使得我們身下的大木床顫悠顫悠地晃蕩著，並發出陣陣『吱吱』的聲音，伴隨著我們的節奏，活像是在演奏一曲伴奏樂。

激情，總是在最猛烈的衝撞中進行尾聲，身體上已經被折騰得死去活來的我們，心理上卻像進入了一個極樂世界，在這個世界裏，只有爽快，只有幸福，只有我們兩個人。

我終於繳械投降了，動作停了下來，她滿意地露出了一個會心的微笑。

半個小時。圓滿的半個小時。

我覺得這是我們做得最盡興的一次。

我和她的第一次是在郊外。那天，我很緊張，也很羞澀。雖然當天晚上我們又做過好幾次，但內心的那種惶恐感覺始終揮之不去。

後來，我們又有過無數次，但每次都是在緊迫中完成的，而且動作單一，完全是為了釋放。而今天，我們在極短的時間裏面達到了情感與感官的極度宣洩，這種感覺真的是妙不可言。

我們都已經頹然躺下，然後緊緊擁抱。

「多久時間了？」我忽然回到了現實，輕聲地問身旁的她。

「不知道。」她慵懶地回答我道。

「我自己看。」我說，隨即去床頭櫃上拿起手錶，「啊，快起床，時間差不多了。洗漱完畢、吃完飯搭車上班正好合適。」

「馮笑，我不想起床。」她嘀咕道，聲音帶著小孩子般的嗲聲嗲氣。

我晃動著她的肩膀，「起來吧，在你還沒換工作之前，還是應該好好上班。」

她即刻撐起了她的上身，看著我問道：「對了，你上次告訴我說，已經給我找好了工作了，究竟是什麼工作啊？」

「我朋友準備開一家女性高級休閒會所，裏面要設置婦科的檢查專案，到時候你可以去那裏上班。雖然工作性質和現在一樣，但是待遇肯定要比你現在高幾倍。」我說。沒有說出常育的名字。

「哎，還是當護士啊，我都厭煩了。」她歎息著說。

我頓時笑了起來，「你不是說了嗎，除了當護士你什麼都不會的嗎？對了，你可以找你表舅，讓他把你安排到行政科室去，那多清閒？」

說。

「我才不想去搞什麼行政呢，天天陪別人喝酒，煩都煩死了。」她嘟著嘴巴說。

我大笑，「你以為每個搞行政的都有酒喝啊？當領導的才那樣呢。」

「不一定。」她說，「我就發現醫院裏的那些行政人員經常在外面喝酒。」

「呵呵，隨便你吧。快點起來啊，不然真的會遲到的。咦？陳圓怎麼還沒回來啊？不就出去買個早餐嗎？怎麼花這麼長的時間？」我詫異地問道。

「你以為她傻啊？她肯定會想到我們要做這件事情，有意給我們留些時間呢。」她說，隨即輕笑。

我不禁有了一種異樣的感覺。「你躺著吧，我得起床了。你實在不想去上班的話，就給護士長打個電話請假吧。」

「不，我也得起來。」她說，隨即坐了起來。她的身體很白皙，也很美。我看著她裸露的上身，頓時笑了起來。

「笑什麼笑？沒見過啊？」她嬌嗔地對我道。

就在這時候，臥室的門忽然打開了，我猛地一驚，發現門口處站著的竟然是陳圓，她正看著我們倆笑，「還不起來？要遲到了。」

「你什麼時候回來的？」我尷尬了一瞬之後才問道。

「早回來了。你們兩個，嘻嘻！如果我不早回來的話，鍋裏的稀飯早糊了。快點啊，東西都上桌了。」她朝我們倆笑著說，隨即退了出去。

「這丫頭，怎麼老是這樣忽然出現啊？」我苦笑著去對莊晴說。

「你還要怎麼樣？她那麼漂亮，不但喜歡你，而且還不吃醋，這樣的女孩子你哪裏去找？」莊晴癟嘴說。

我深以為然，內心裏不禁感動不已。

吃飯的時候，陳圓裝著什麼也不知道的樣子。我和她吃的是稀飯、包子，莊晴的是油條加豆漿。

「好好吃，小時候我最喜歡吃這東西了。」莊晴一邊吃著一邊說道。

「最好少吃油炸食品，致癌的。」我說，「而且外邊的那些攤販用的油乾淨不乾淨還難說呢。」

「哥說的對，今後你還是儘量少吃這些東西為好。莊晴姐，你不知道，我看炸油條的油黑糊糊的，也很不放心呢。」陳圓也說道。

「你們兩個今天是真心想噁心我是不是？」莊晴笑道，「行，明天開始我不吃這東西就是了。」

「其實你們吃的包子也很髒，誰知道那裏面的肉是什麼肉呢？耗子肉也難說呢。」莊晴又道。

「莊晴姐，你別說了，好噁心。」陳圓大叫起來。

我也覺得噁心，「是啊，今後儘量不要在外邊買這些東西。莊晴，這樣吧，每天回來的時候，你去我們醫院食堂裏買些饅頭什麼的回來。醫院食堂的東西還是比較讓人放心的。」

莊晴看著我，「馮笑，你的意思是說，從現在開始，你要搬過來住了？」

我一怔，「儘量吧，不過我心裏很不踏實。對了，最近宋梅在忙些什麼呢？我怎麼很久都沒見到他了？」

莊晴「啐」了我一口，「我怎麼知道？你這話是什麼意思？」

我這才發現自己的話有些問題，急忙道：「沒什麼，今天我得給他打個電話。」

「哥，你老婆的事情怎麼樣了？」陳圓問道。

我歎息，「剛才我說的就是這件事情呢。」

「哥，你真是一個好人。」陳圓幽幽地道。

我不禁汗顏，苦笑道：「有我這樣的好人嗎？背著自己的老婆在外面和其他的女人廝混。哎！」

「哥，你是男人，在心裏有我們女人就行了，沒必要自責。」陳圓說。

「你這樣想？」我詫異地問她。

她點頭，「我是孤兒。我不知道我的父母為什麼不要我。雖然我恨他們，但是我想，他們一定有他們的難處。或者他們也是因為不能結婚才不得已這樣做的呢。哥，最近我老是在想你和我們的事情。我想，要是我們也有了孩子的話怎麼辦啊？難道也要把他扔到孤兒院裏面去嗎？

「我想，如果我們真的有了孩子的話，我肯定會把他養大的，因為我不想再去與別人結婚了，我有你就夠了。孩子的爸爸是你，媽媽就是我，即使我們不能結婚也是這樣。只要你心裏有我，還有我們的孩子就可以了，我不奢望其他的東西。我想，我的父母或許是因為捨棄不了很多東西才捨棄了我，我可不想讓我們的孩子今後和我一樣。哥，你是好人，所以我完全相信你會永遠記得我和莊晴姐的。」

我黯然。

「陳圓，你有孩子了？」莊晴忽然地問道。我猛地一驚，急忙去看著她。

剛才，陳圓在說話的時候我根本就沒有想到這一點，因為我把她的話當成了一種假設，而且我完全被她的話震驚、感動了。現在，聽莊晴忽然這樣問起，心裏頓時有了一種感覺——難道她真的有孩子了？

她的臉頓時變得通紅，低著頭，輕聲地道：「嗯，我最近覺得不大舒服，就去醫院做了檢查。醫生告訴我說，我懷孕了。」

我張大著嘴巴看著她，「陳圓，你怎麼不告訴我啊？你去看醫生怎麼不跟我講一聲？我就是婦產科醫生啊？」

她的臉更紅了，「哥，我開始不敢確定嘛。」

「太好了，太好了！」莊晴猛然地去抱住了她，「陳圓妹妹，對不起啊，今天不該讓你去買早餐的，今後這件事情交給我好了。馮笑，太好了，這下你終於可以當爸爸了。」

我頓時也高興了起來，看著陳圓直笑，竟然不知道該說些什麼好了。

「馮笑，你今天就不要去上班了吧？在家裏好好陪陪陳圓。」莊晴對我說。

我去看了陳圓一眼，只見她紅著臉很扭捏的樣子，心裏頓時明白她也很想我陪她，可是，我怎麼好請假呢？「陳圓，時間還長著呢，從現在開始，我天天來陪你好了。」

她的眼神閃過一絲失望，我看得清清楚楚，心裏頓時有了一種內疚，「要不我給秋主任打個電話？」

「別，你去上班吧，下午早點回來，我去買菜給你們做飯。」陳圓急忙地道。

「也行，那你就辛苦啦。」我還沒來得及說，莊晴就已經接口說了出來。

我笑道：「嗯，就這樣。」

下樓的時候，在電梯裏我看著莊晴不住地笑。

「幹嘛這樣看著我？」她瞪了我一眼後問道。

「莊晴，你什麼時候也給我生個孩子啊？」我笑嘻嘻地看著她問道。

她卻在搖頭，「馮笑，我可不敢了。」

我很詫異，「為什麼？」

「你老婆在裏面，現在陳圓已經懷了你的孩子，那麼她今後就可能和你生活在一起了，我算什麼呢？」她幽幽地說，「即使我願意像現在這樣繼續和你們在一起，但是生孩子的事情我可不敢。你想過沒有？如果我也給你生孩子的話，是什麼情況？那樣的話你就是犯罪了，重婚罪。明白嗎？」

我霍然一驚，「真的嗎？」

她搖頭，「其實我也不懂其中具體的東西，但是我覺得應該是那樣吧。你想，你和兩個女人生孩子，這不是重婚罪是什麼？」

我一怔，覺得她說的很有道理。雖然我也不懂法律，但是我覺得法律上應該會這樣規定，不然的話豈不是亂套了？

同時，我覺得自己也太過分了，竟然有了得隴望蜀的奢望。

「對了馮笑，今天我們一起去我表舅辦公室好不好？」出電梯的時候，莊晴忽然問我道。

我一時間沒有反應過來，「什麼事情？」

她輕輕地打了一下我，「你忘了？試管嬰兒的事情。」

我這才想了起來，頓時想到了另一個問題，「不忙，我和蘇華商量了再說。」

「可是，我已經給表舅說好了你今天要去找他的啊？」她說。

「這……」我頓時為難起來。因為我忽然想到這件事情必須先給秋主任打招呼才行。

第二章

試管嬰兒專案

「試管嬰兒專案涉及到的不僅僅是我們婦產科，
泌尿、檢驗、分子生物學實驗室等等都會涉及。
這件事情根本就不是我們科室可以決定得了的。
說到底，這個專案必須利用全院的資源才可以搞得起來，
否則的話根本就不可能。」秋主任說。

關於試管嬰兒專案的事情，我一直有個想法：這個專案確實需要開展起來，因為我們畢竟是三甲醫院，像這樣高科技的專案早就該開展了，而且這樣的項目對我們自身的學術研究也很重要，有了這個項目的話，今後我們提副教授、教授就是一件非常容易的事情。但是，秋主任畢竟是我們現在的領導，這件事情如果不通過她的話，可能會適得其反。

這個意見我曾經與蘇華交流過。可是她覺得沒有必要。我估計她可能在秋主任那裏碰過壁。肯定是這樣。

不過，我依然認為這件事情如果不對秋主任講的話，始終會是一個麻煩。

現在，莊晴對我說起這件事情來的時候，我很是為難。最近一段時間來我被那些亂七八糟的事情包裹著，完全忘記了這件事情。

「這樣，我上班後馬上就去和蘇華商量，不管怎麼樣，今天上午都要去章院長那裏一趟。」我說。

「嗯，就是嘛，不然的話他肯定會批評我的。」莊晴說。

我忽然想起了一件事情——那天我與洪雅一起吃飯之前碰到的那個漂亮女人，還有莊晴的表舅章院長。我心裏忽然有了一種奇異的感覺。

那天，我發現那個漂亮的女人在進來的時候，很親熱地在和章院長說著話。可惜的是，我和洪雅離開的時候他們還沒有出來。雖然當時我很害怕被章院長發現我在那裏，但是我內心的好奇感卻依然是那麼的強烈。現在，那種好奇感就更加的強烈了。

我想：章院長或許與我一樣，他在外邊也有女人。同時，我倒是覺得這樣的事情並不奇怪，因為大家都是男人嘛。而且他還是領導，機會就更多了。

出了社區然後叫計程車。「你準備今後天天搭計程車啊？」莊晴問我道。

我一怔，「今天搭了再說吧。」

「一天來回五十元，一個月就是一千多。太奢侈了。」她說，「算了，你搭車吧，我還是去坐我的公共汽車。」

我哪裏肯同意，「別啊，明天我們坐公共汽車吧。」

「馮笑，你想過沒有？醫院的人要是看見我們兩個人每天一起進出的話會怎麼想？」她卻這樣說道。

「這……」我頓時明白了她擔憂的是什麼事情了，「好吧，我先走了。」

在去往醫院的路上，我一直在想這個問題：是啊，今後怎麼辦呢？除非她不在我們醫院工作了。猛然地，我忽然想起了莊晴剛才那句話可能包含的另外一層意思來：她很可能馬上就要離開我。她在電梯裏面對我說過的那句話，還有就是剛才上車前她話裏面所表達的意思告訴了我這種可能。因為我感覺到她很在乎別人對我和她關係的看法和議論。

想到這裏，不知怎麼的，我心裏忽然難受起來。我發現：自己好像已經真的喜歡上她了。

到了科室後首先查房，然後儘快開出醫囑。還有就是把一台上午的手術調整到下午去。

開醫囑的時候蘇華也在，她也剛剛查完房。

「學姐，一會兒和你商量件事情。」我對她說。

「急不急？我上午有個手術。」她問我道。

「急啊。」我說，「你開完醫囑再說吧。」

「神神秘秘的，搞什麼嘛？」她朝我笑。

其他醫生都來看我們，我只好馬上閉嘴。這樣的事情在科室裏說出去不好，因為這畢竟是私下行為，而且還會影響到大家的利益。試管嬰兒的專案一旦真的在科室開展起來了的話，這裏面就涉及到人的安排問題了。今後誰去那裏，誰留在原先的地方，這樣的事情很頭疼的。

我開醫囑的速度比較快，因為我所管的病床上的那些病人，大多已經處於康復的階段，只需要適量減少輸液的量就可以了。

「學姐，我到外邊去等你。」我對蘇華說。

她看著我笑，「究竟什麼事情啊？是不是你老婆的事情有好消息了？」

所有的人都來看我，我心裏很不舒服。趙夢蕾的事情雖然大家都知道了，但是在我面前都很忌諱談及此事，現在蘇華卻忽然說了出來，這讓我心裏很彆扭。我沒有理會她，直接就出了辦公室。

一會兒後她就出來了，「馮笑，對不起，我是看你心情比較好的樣子，所以才順便問問你。」

「今後別在科室裏面說我老婆的事情。」我心裏依然不高興，如果不是莊晴已經給章院長說了那件事情的話，現在我根本就不想和她談下面的事情了。

「學姐，章院長答應今天讓我去和他談試管嬰兒的事情。」我說。

「好啊，可是我要做手術啊！」她說，很高興又很遺憾的樣子。

「我上午還有手術呢，我都換到下午去了。」我說。

她搖頭道：「我可不敢了，我出了幾次事情了。哎！真倒楣。」

「學姐，我想和你說的是，我覺得這件事情還是應該給秋主任說一下的好。」

我說。

她的臉色頓時變了，「要說的話你去說吧，她這個人保守得很。」

「好，我去說。不過，萬一她今後不安排你去搞那個專案呢？」我問道。其實這才是我最擔心的事情。

「八字都還沒有一撇呢，再說吧。就這樣啊，我馬上得上手術去了。」她說，轉身準備離去。

我心裏很不舒服，因為這件事本來是她提出的，結果現在好像沒她的事了。

「你等等。」我即刻叫住了她，「學姐，我真的去說了啊。你想過沒有？萬一醫院同意了呢？」

「很簡單，到時候你主動要我就是了。」她笑著對我說。

我唯有歎息。本來，我還想在今天問她願不願意參加常育說的那個專案的事情的，但是現在看她的這個態度，頓時改變了主意。

「馮醫生啊，本來我一直想找你說說你妻子的事情的，可是又覺得不好開口問你這件事情。怎麼樣？現在的情況如何了？」秋主任一見我就問我這件事情，讓我頓時不知道該如何回答。

「秋主任，我今天來不是想和您說這件事的。」我只好直截了當說具體事情。

「哦？那你找我什麼事情？」她問道。

我隨即給她說了試管嬰兒專案的事。「秋主任，我們作為三甲醫院，而且在全省也有一定的影響，這樣的專案還是應該開展起來才是。」最後我對她說道。

她淡淡地笑了笑，「馮醫生，你說的很對，可是不行啊，我們目前完全還沒有這個條件。第一，這個專案要報衛生部批准，這個工作相當複雜，而且還需要大量的工作經費。第二，這個專案需要大筆的資金投入，光是設備這一塊就需要不少的錢。第三，人員問題。我們一直沒有開展這樣的業務，所以必須從頭開始進行人員培訓。其中關鍵的技術人員還得送到國外去，這又是一件很麻煩的事情。這件事情蘇華曾經給我講過，我考慮再三後，還是覺得很不現實。」

我覺得她說的倒是很實際的問題，不過我覺得這些都不應該是最關鍵的東西。

「秋主任，我想其他的醫院最開始的時候和我們現在的情況差不多吧？人家不也開展起來了嗎？從醫院的整體技術水準上來看，我們的優勢更明顯啊。在我們江南省，我們醫院的知名度可是很靠前的，這就是品牌效應啊，幹嘛不利用這個品牌效應把這個專案開展起來呢？」

「除非醫院答應單獨搞一個科室，我們婦產科是無能為力的了。我這裏的人員都很緊張呢。馮醫生，你也看到了，我們的病床什麼時候空過？現在的業務我們都應付不過來，再去搞什麼試管嬰兒的話根本就抽不出人來，場地也無法解決。而且，試管嬰兒專案涉及到的不僅僅是我們婦產科，泌尿、檢驗、分子生物學實驗室等等都會涉及。所以，這件事情根本就不是我們科室可以決定得了的。除非與那些科室聯合起來給醫院打報告，說到底，這個專案必須利用全院的資源才可以搞得起來，否則的話根本就不可能。」她說。

這下我頓時明白了，「這樣啊，對不起，我把這件事情看得太簡單了。」

「是啊，很多事情不是想像的那麼容易的，現在要做一件事情太難了。所以我經常就想，與其去做那些費力不討好的事情，還不如先把最容易的事情幹好。」她說道。

我點頭，心裏卻不以為然。

「馮醫生，你到我們醫院來的時間雖然不長，也是我們科室唯一的一位男性醫生了，但是你工作很認真、很敬業，大家對你的評價都很不錯，病人對你的反應也比較好。這次職稱評定的事情你的呼聲也很高，醫院領導那裏我也替你說過好話了，你好好幹吧。不要成天去想那些不合實際的、好高騖遠的事情。我們婦產科的那些常見疾病就夠你研究一輩子的了。說實話，關於女性激素方面的問題，我研究了一輩子都還沒有完全搞明白呢。比如，女性更年期的問題，如果你對這個課題有所突破的話，那可就不得了了。這可是世界性難題，比那什麼試管嬰兒難多了。你說是不是？」她接下來又說道。

我再次點頭。她的這句話我倒是很贊同，因為她所說的關於女性激素方面的問題，特別是女性絕經前後出現的更年期問題更是一件難以突破的科學難題，這裏面不但包括激素變化的問題，而且還有生理、心理的各種變化。全世界不知道有多少人在研究它，但是卻很少有人取得實質性的進展。這個問題與人類癌症、心臟病、病毒感染等一樣，都是屬於世界性的難題。其中任何一項研究能夠得到突破的話，諾貝爾醫學獎就非他莫屬了。

從秋主任辦公室出來後，我頓時為難了：還去不去章院長那裏？

秋主任的話雖然並不是完全的正確，但是她說的也確實很有道理。試管嬰兒專案固然重要，但是它涉及到的科室太多，經費問題也是一個大問題，遠遠不如我以前想像的那麼簡單。

我坐在辦公室裏有些不知所措，因為我不知道該如何去回覆莊晴。當然，最根本的不是莊晴那裏的問題，而是她要去面對章院長。

我正為難時，莊晴卻來到了辦公室裏，「現在有空了吧？走吧。」她對我說。

「莊晴，我把事情想得太簡單了。」我搖頭苦笑。

「怎麼？主任不同意？」她低聲地問我道。

我搖頭，「不是她同意與不同意的問題，是我確實把問題想像得太簡單了。這件事情很複雜。」

「那怎麼辦？剛才我表舅才給我打電話來問你什麼時候去呢。」她說。

「啊？你怎麼說的？」我也開始慌亂起來。

「我說你一會兒就去，查完房就去。」她說。

我頓時呆住了。

「怎麼啦？」她問。

「我現在去怎麼說呢？」我苦笑，心裏暗暗責怪當初蘇華的提議，同時又氣憤自己的多事。

「你不去就算了，我馬上給他打電話。真是的，你這人！沒事找些事情來做！」她說，轉身出去了。

我心裏很愧疚，也很鬱悶。

可是，不一會兒莊晴卻又回來了，「他讓你馬上去一趟，還說正有事情想問你呢。」

我很是疑惑，「他有事情問我？怎麼會呢？」

「我哪裏知道？你去了再說吧。走吧，我陪你去。」她說。

沒有辦法，我只好跟著她出了辦公室。不過心裏依然疑惑：章院長認識我？不然的話他怎麼會問我事情呢？

章院長是屬於那種性格開朗的人，因為他是骨科醫生。他個子不高，瘦瘦的，總是給人以很精神的樣子。我剛到醫院的時候就曾經聽說過他的故事。據說他的老婆長得很漂亮，個子也比較高。有人和他開玩笑說：你老婆真是一朵鮮花插在那什麼上了。他一點不生氣，反而笑著說：鮮花插在牛糞上，牛屎裏面有營養，鮮花越開越漂亮。據說，他的脾氣並不是特別的好，發起火來的時候比那些五大三粗的男人還可怕。有一次，骨科的一位病人家屬在病房裏面無理取鬧，揚言要怎麼怎麼地。這時候他出來了，一手拿著釘錘，另一隻手上握著斧頭。他冷冷地看著那位病人的家屬，「你想怎麼樣？我這裏可是各種武器都有。我用這釘錘敲碎過別人的骨頭，用這把斧頭砍斷過病人的傷腿。你要不要試試？」結果那位病人家屬嚇得倉惶逃跑。

當時我聽到這些故事的時候還不大相信，可是講述的人卻信誓旦旦地說絕對是真實的事情。那位講述人說：「骨科裏面都是用那樣的東西做手術，他當時對那位病人家屬說話的時候，還不住地用那把斧頭去比劃那個人的幾處關節部位，那個人嚇得腿都軟了。別說斧頭、釘錘了，骨科裏面哪樣沒有？鋸子、鉗子、鑿子什麼的一應俱全。」

他的話讓我頓時想起自己在外科實習的一件事情來：那是一次夜班，來了一位手指受傷的病人，是因為打架的時候被人用鐵錘砸壞了手指。當時帶我的老師就是一位骨科醫生，他把那位病人帶到治療室裏面，先給病人做了局部麻醉，然後對那病人說：「你這幾根手指指骨的頂端全部被砸碎了，必須把碎的部分全部切掉，不然的話很可能壞死，繼續發展下去就可能要截肢了。」病人沒有選擇，只能同意。

於是我的那位老師就開始用鉗子去把病人指端的碎骨連同碎肉夾掉。可是，由於手指的神經十分豐富，再加上那位病人對麻藥不是那麼的敏感，他即刻痛得哇哇大叫起來。那位老師便吩咐我去把病人的手綁起來，然後繼續用鉗子夾。病人痛得大汗淋漓，同時像殺豬般地厲叫。

骨科醫生有時候很野蠻。所以我有些相信了那位講述者的話。給我講述章院長這個故事的人不是別人，就是王鑫。我以前住單身寢室時候的熟人，現在是那位叫小慧的女孩子的老公。

跟著莊晴去到了醫院的行政大樓。章院長辦公室的門是開著的。

「舅舅。」莊晴站在門口處朝裏面叫了一聲，她的聲音帶有一種緊張。我急忙地跟了過去，發現章院長正坐在他寬大的辦公桌後面在朝我們笑著，「小晴來了？你是馮笑吧？來，快進來坐。」

「舅舅，我回去上班了。我是專門帶馮醫生來的。」莊晴說。

「好，你回去吧。你和小宋可是很久沒到我家裏來了，你給他講一聲，週末的時候到我家裏吃飯去，你舅媽念叨了好多次了。」章院長對莊晴說，滿臉的慈祥。

「嗯。」莊晴說，「我回病房去了。」

「好吧。」章院長依然在朝她慈祥地笑。

我暗自詫異：他竟然不知道莊晴已經離婚的事情？

我是第一次到醫院領導的辦公室，頓時有些緊張和不知所措起來。

「小馮，來，你坐嘛。別那麼拘束好不好？」他熱情地對我說道。我這才去坐到了他辦公桌旁邊的沙發上，屁股只坐了沙發的一點點。正襟危坐。

「章院長，您找我？」我開始問。

他頓時笑了起來，「莊晴不是告訴我說，你要找我談什麼事情嗎？」

我頓時尷尬起來，「這個……」

「有什麼事情就說吧，沒事的。我分管業務，我可是接到過好幾封表揚你的信件呢。呵呵！我還正說找機會認識一下你。結果莊晴給我打電話說你想找我說什麼事情，這不是正好嗎？」他笑著對我說道。

我很驚訝，「表揚信？誰的？」

「當然是你的病人了。以前就有好幾個病人寫信來表揚你呢，最近有位叫施燕妮的病人也寫了一封信，這個病人你應該記得吧？」他問我道。

施燕妮？她不就是林易的老婆嗎？我心裏想道，隨即便明白了：人家這是做順水人情呢。一封信，作用說大則大，說小則小。

我點頭，「她正住在我管的病床上，還沒出院呢。」

「小馮，你別小看這些表揚信，這可是代表了病人最真誠的感謝啊。這次職稱評定，我們可是要參考這些意見的。呵呵！其他的我就不多說了，今天算是認識你啦。現在你說吧，究竟有什麼事情找我？」他笑著問我道。

我沒有了辦法，只好把試管嬰兒的事情向他提了出來。

他聽完了後開始沉吟，點燃了一根香煙抽了起來。外科醫生大多要抽煙，看來他也不例外。

一會兒後他抬起了頭來，「小馮，你說說你的想法。你說說我們醫院為什麼要開展這個專案？」

我一怔。說實話，我完全沒有認真去思考過這樣的問題，在來這裏的時候我也只是準備在萬不得已的情況下簡單說說這件事情就算了，同時也在估計他會像秋主任那樣直接否決我的這個提議。可是誰知道他竟然這樣問我，而且語氣還顯得很慎重。

我急忙地組織語言，「章院長，這個……我覺得我們醫院在很多方面都走在了全省、乃至全國的前面，比如微創手術，心臟體外循環，肝移植等等等等，但是在試管嬰兒上卻落後得太多了。不，不是落後，而是根本就沒有開展。現代醫學技術的發展早已經突破了很多的觀念，比如器官的複製，這對未來外科手術將是一個巨大的變革，骨科手術中，目前大多還是在使用人工材料，如果今後能夠實現複製技術的突破，讓複製出來的骨頭替代現有的人工材料的話，那將是骨科的一項巨大進步。

「與此同理，婦產科也需要同步發展。目前，試管嬰兒技術已經基本成熟，美國、日本以及世界上發達國家在此項技術上的發展有目共睹，我們國內近年來很多醫院都已經在開展此項技術，而且成功率還超過了西方發達國家。我們是三甲醫院，同時又是全省乃至全國具有影響力的醫院，這項技術應該與其他醫療項目一樣，同樣是衡量一個醫院技術水準的標誌之一。所以，我覺得我們應該儘快把這項工作開展起來。雖然我們目前還沒有任何的基礎，但是我覺得學習別人現成的技術並不是什麼難事，問題的關鍵是看領導重視與否。」

他點頭，「是這個道理。不過小馮，你對這個項目有過多少瞭解呢？假如我們醫院要把這個專案開展起來的話，需要花費多少的經費和時間呢？」

我一怔，隨即瞠目結舌地看著他，「這……我沒有瞭解過。」

他頓時笑了起來，「所以啊，小馮，你們年輕人就是有這個問題，對一件事情沒有充分的依據就開始幻想，這樣可不好。我們是醫務工作者，做任何事情都必須踏踏實實，來不得半點虛假的東西。我們肩負的是人們的生命和健康，開不得半點玩笑。你說是不是？」

我慚愧萬分，汗顏不已，「是，是！章院長，看來我還是太浮躁了。」

「是啊，這是你們年輕人的通病。不過，我倒是覺得你的提議很好，理由也很充分。」他笑著說，神情怪怪的，「實話告訴你吧，醫院已經決定開展試管嬰兒的專案了。不過這件事情還沒有對外公佈。我們準備從你們婦產科，還有泌尿科、兒科、生化實驗室等科室抽調一部分人出來，分別派出去學習，同時準備在醫院單獨成立這樣一個科室。」

我驚喜萬分，想不到醫院的領導早就考慮到這個問題了。「太好了。我真沒有想到。」

「可是，」他卻看著我說，「目前我們沒有考慮讓你進入到這個項目裏面。小馮，我們醫院的婦產科相對來講比較弱一些，所以我們希望你繼續留在婦產科裏面，希望你能夠儘快成長起來，今後能夠挑起我們醫院婦產科的大樑。小馮，我的意思你明白嗎？」

我心裏頓時不是滋味起來，「我……」

「小馮，我們考慮的是醫院未來的發展。你剛才不是也說過嗎？我們醫院在全省具有一定的影響力，所以就更需要各個科室均衡發展。現在你們婦產科的情況你非常清楚，你們的技術力量薄弱，設施落後，特別是在上次你們科室兩位醫生，還有護士長的事情出了後影響極壞，現在的問題已經很嚴重了，所以我們不得不考慮今後的人才培養問題。小馮，我今天只能把話說到這個程度，希望你今後進一步加強專業知識的學習，同時也要注意自己管理能力的培養。你們婦產科今後的發展就靠你了。畢竟你是目前你們科室唯一的男性，而且學歷最高。當然，現在的情況不一樣了，現在高校招收的博士也開始多了起來，我們準備從明年開始引進一批博士到醫院裏面來，以此充實醫院的技術力量。」他說，一直笑瞇瞇地看著我。

我心裏頓時激動起來，因為他的話感染了我。現在，我第一次感受到了思想政治工作的力量。

「章院長，我知道了。我一定加強學習，不讓領導失望。」我說。

「我們相信你會很快成為我們醫院的技術骨幹的，因為你熱愛這份工作，而且很有愛心。」他笑著說道。

我知道自己該離開了，隨即站了起來，「章院長，謝謝您對我的鼓勵，我不再耽誤您的時間了。」

他笑瞇瞇地看著我。

我轉身準備離開……忽然，我看見王鑫正進來，他詫異地看著我問道：「咦？馮笑，你怎麼在這裏？」

我訕訕地道：「我找章院長說點事情。」

「你們很熟？」章院長笑著問道。

「是啊，我們以前一起住單身宿舍。」王鑫說。

我笑，「王鑫，你也找章院長？那我先走了。」心裏暗自納罕：看樣子，他好像和章院長很熟。

「好，馮笑，改天請你喝酒。」他說。

「有喜事？」我問道。

「他現在是我們醫院的醫務處副處長了，你還不知道？」章院長問我道。

我張大著嘴巴看著王鑫，「真的啊？你傢伙，當官了也不告訴我一聲，太好了，你當然得請我喝酒。」

「沒問題。」他說，很得意的樣子，隨即去對章院長說道：「章院長，我給您彙報一件事情。」

我急忙離開。心裏暗自詫異：這傢伙，什麼時候當副處長了？還真沒看出來他竟然有這樣的本事。

回到科室的時候，正好碰上莊晴。

「怎麼樣？」她問我道。

「醫院早就有這個計畫了，我完全是多此一舉。」我低聲地對她說。

「啊？真的？那我去給舅舅說一聲，我也去那裏。」她說，很高興的樣子。

「我去不了那裏。」我說，直搖頭。

她瞪大著眼睛看著我，「為什麼？」

「回去後我慢慢告訴你，這件事情醫院還沒有公佈，別到處說。今天我找秋主任的時候，她都還不知道呢。不過，我估計也就是最近幾天的事情了。」我說。

「不行，你現在就得告訴我，你知道的，我是急性子，不然的話，我這一天都會很難受的。」她說。

我看了看時間，「走吧，我們去吃飯，順便告訴你這件事情。」

「陳圓來過了。」她忽然說道。

「人呢？」我問道。

「是我打電話叫她來的。我請科室的一位醫生給她檢查了一下，她真的懷孕了。」她說。

我詫異地看著她，「你幹嘛叫她到我們醫院來啊？我正說等我休息的時候帶她去其他醫院檢查呢。而且，好像你還很懷疑她懷孕這件事情似的。」

「我不是懷疑，是覺得應該好好關心一下她。你不是不方便嗎？這樣的事情當然得我出面最好了。而且，你也不可能親自給她檢查，我是婦產科的護士，這種事情我還是知道的。」她說。

我有些慚愧起來，「莊晴，謝謝你。」

她說得很對，在一般情況下，醫生是不會給自己最親近的人檢查的，特別是婦產科方面的問題，因為那樣會影響今後的夫妻生活。男人不能看見自己老婆最醜陋噁心的那一面，這是最基本的。陳圓雖然不是我老婆，但是事實上也差不多就是那麼回事情。還有就是，我不想讓醫院的人知道我和陳圓的那種關係，也包括我與莊晴的關係，所以根本就沒有打算讓陳圓到我們醫院來作檢查。所以我很感激莊晴，因為她替我想到了，而且還這麼做了。

「討厭！對我還這麼客氣啊？」她瞪了我一眼，隨即笑了起來，「馮笑，你說我和你做過那麼多次了，為什麼我就沒懷上孩子呢？是不是我有什麼問題啊？」

「你以前懷上過嗎？」我問道，頓時意識到自己的失言，不禁惶然，「對不起。」

「哪來那麼多對不起？」她卻沒有生氣，「沒有，就是沒有啊，我也很奇怪呢。其實我以前檢查過，沒問題啊？」

「那會是怎麼回事？晚上回去後你把你以前檢查的病歷給我看看。」我說。

「好。」她說，隨即瞟了我一眼，「你要看什麼都行。」

我心裏頓時一蕩，「莊晴，別這樣，我受不了。」

「哈哈！」她大笑。

隨即我和她一起去到食堂吃飯，剛剛打好飯菜坐下來她就接到了一個電話，「在吃飯呢。」隨即來看了我一眼，「我問問他。」

「誰啊？」我問道。

「宋梅，他說找你有事情。」她回答說。

「幹嘛不打我的電話？」我嘀咕道，隨即去從她手上把手機接了過來。

我覺得很奇怪，宋梅幹嘛不直接給我打電話呢？按照他的風格是絕不會犯低級錯誤的，他通過莊晴找到我，只會引起我的懷疑。

我從莊晴手裏接過了手機，「馮大哥，你怎麼不接我電話？」

我哭笑不得，「你給我打過電話嗎？」

「打過啊，我打了好多次。」他說。我這才想起今天上午好像還沒有人給我打過電話，急忙去身上摸自己的手機……沒有！

「是不是在辦公室裏面？」莊晴問我道。

我不知道。但是現在已經顧不得那個了，手機這東西，掉了也不奇怪。「什麼事情？」我問道。

「很久沒有與你聯繫了，我擔心你著急。馮大哥，你可真沉得住氣的。」他笑著說道。

我心裏一沉，「出什麼事情了？事情辦得怎麼樣？」

「目前還插不上手，公安這邊還沒有把案件移交給檢察院和法院。不過應該問題不大，因為我已經和他們分別聯繫過了，你放心好了。」他回答說。

我心裏頓時安穩了許多，「謝謝你，宋梅。」

他大笑，「馮大哥，好像這是你第一次說感謝我的話吧？我很激動呢。好了，沒其他的事情，就這樣吧，你放心，我會好好處理這件事情的。」

我覺得有些不大好意思，「專案的事情有進展沒有？」

「常廳長沒有告訴你啊？」他問。

「簡單說了下，你別著急。」我說。

「是，有些事情必須等待，雖然這種等待的滋味很痛苦。」他笑著說，「這樣吧，晚上我們一起吃頓飯，好好聊聊。」

我想了想，然後去看了莊晴一眼，「好吧，下班的時候我聯繫你，我手機可能沒帶出來。」

「好，就這樣。」他說，隨即掛斷了電話。

莊晴看著我，我朝她笑道：「沒事，他約我晚上一起吃飯。」

「我很久沒見過他了。」她低聲地說道。

我心裏頓時湧起了一種喜悅與柔情，因為她的話告訴了我一點：她已經很久與宋梅沒有了聯繫。

吃完飯後回到辦公室裏找手機，可是沒發現它的蹤影，撥通了自己的電話後也沒有聽到聲音。很可能是今天早上忘記了帶出來。我心裏想道。

我的手機一般是放在褲兜裏的，我估計很可能是昨晚手機從褲兜裏掉出來。可是，如果真是這樣的話，陳圓應該聽得見它的聲音，除非她不在屋裏。

想到這裏，我忽然意識到了一件事：陳圓很可能從醫院離開後，就一直沒有回去。我心裏暗自奇怪：她跑哪去了？

沒有了手機很讓人不習慣，我發現手機這東西已經成為了自己不可分割的一部分了，才發現它不在身上一小會兒就有了一種難以忍受的感覺。

只好用辦公室裏的座機撥打。

電話是通的，可是卻沒有人接聽。我頓時慌了，再次撥打，依然是這樣。我轉身就跑出了醫生辦公室。

莊晴正在護士站和其他的護士聊天，我看見她後即刻給了她一個眼神，她發現了。我繼續朝外邊走去。

我在病房外邊等了十多分鐘後她才出來，「什麼事情？」

「幹嘛這麼久才出來？」我心裏很是不悅。

「護士長在說她兒子的事情，我不好馬上離開。馮笑，你怎麼啦？怎麼神神秘秘的？而且還這麼浮躁？」她問我道。

「把你手機借我用一下。」我說。

她隨即遞給了我，「用手機嘛，直接找我要就是了，幹嘛這樣？」

「我剛才給陳圓打電話，她沒接。我用辦公室座機打的。」我說，隨即開始撥打。

「她不是說要去買菜嗎？菜市場人多嘈雜，聽不到手機聲很正常啊？」她說。

耳朵裏陳圓的手機是通的，但是依然沒接。雖然我覺得莊晴的話很有道理，而且也可能就是那麼一回事，但是我卻依然心慌不已。

「莊晴，你聽，通了的，可是她就是不接電話。」我把手機遞回給她。

她接了過去，隨即我看見她眼珠子在轉，「陳圓啊，你在幹嘛呢？怎麼不接電話？你不知道，有個人著急昏了。哈哈！這樣啊，好，我們下班就回來。」

我瞠目結舌地看著她，心裏根本就不相信她這真的在接電話，她肯定是在騙我。我心裏想道，隨即朝她伸出手去，「電話給我。」

她卻跑開了幾步，繼續對著電話說道：「喂！順便給我買兩包衛生棉，我的用完了。」

我心裏乾著急，不知道她究竟是不是在騙我，因為她剛才說的話又好像那邊真的是陳圓似的。

莊晴在看著我笑，同時繼續在接電話，「好，你回去後看看家裏，馮笑的電話好像掉在家裏了，你幫他找找。」

這下我完全相信她是真的在接電話了，隨即看著她笑。

她已經撥打完了電話，過來笑著對我說道：「這不？我怎麼打通了？」隨即看著我怪笑。

我又開始懷疑起來，「你騙我的吧？手機給我，我再打一次試試。」

「人家在買菜，上午她離開醫院後就去逛街去了。別打了，浪費電話費呢。」她說。

她越是這樣，我就越發地懷疑了，「不行，把你手機給我。」

「拿去吧。你這人，怎麼不相信人呢？」她講手機遞給了我。

我猶豫了一瞬後，還是將電話撥打了過去。電話依然是通的，可是卻依然沒有人接聽。莊晴在看著我。

沒有人接聽，一直到電話裏響起了忙音。我的臉色頓時變了，冷冷地看著她。

「我沒有騙你，真的！」她說，很認真的樣子。

我冷「哼」了一聲，「我怎麼沒聽到裏面傳來她接電話的聲音？」

「剛才她真的接了電話的啊。真的，我幹嘛騙你？這個陳圓，怎麼又不接電話了呢？」她說，很著急的樣子。

我冷笑，「莊晴，你是不是經常在騙我？」

「我沒有！」她大聲地道。

我不想在這樣的場所和她吵架，「你覺得這樣有意思嗎？」

「馮笑，我真的沒有騙你。你這人，怎麼這樣啊？」她跺了一下腳，怒聲地道：「你愛信不信！我懶得和你多說了。我知道了，你喜歡她，根本就覺得我是多餘的！」她說完後轉身跑了。

我站在那裏，心裏七上八下的很忐忑。這下，我真的不知道剛才她接的那個電話是真是假了。

我想，如果那個電話是假的倒還好辦，最多我不再找莊晴生氣就是了。但是，萬一要是真的呢？那我豈不是已經讓莊晴傷心了？

第三章

前夫的情人

很快地我們就喝下了兩瓶白酒，宋梅的話也多了起來。
小鍾依然靦腆，她的話很少，不過只要是宋梅提議的話題，
她都會馬上溫柔地接受，她每一次去看宋梅的時候，
眼神都是溫柔的。我看得清清楚楚。
像宋梅這樣的男人，他需要的是溫柔體貼的妻子，
而不是像莊晴那樣有著男人和小孩子性格的女人。

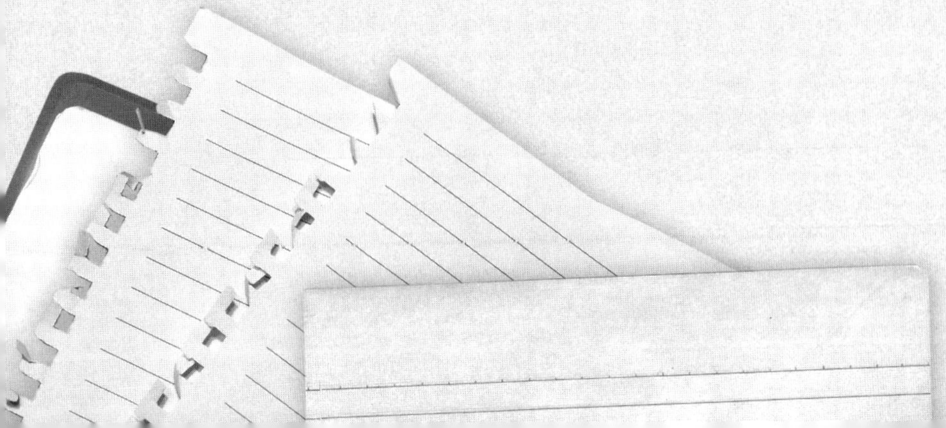

下午我做手術，從手術室下來的時候，已經接近下班時間了。我看見了莊晴，但是她卻根本就沒有理我，而且她的臉色好難看。

我內心忐忑，但是在科室裏面卻又沒辦法主動去對她說好話，只好直接跑到辦公室去撥打陳圓的手機。

她接聽了。

「幹嘛呢？怎麼不接我電話呢？」我問道。

「我在外邊，太吵了，沒聽見。莊晴姐不是已經給我打電話了嗎？嘻嘻！後來她又給我打了一個，但是我又沒聽見，真不好意思。」她在電話裏面笑。

我心裏「咯噔」了一下，知道自己犯下了一個巨大的錯誤，不由得生氣，「那個電話是我打的！」說完後，我就猛然將電話掛斷了。「呼呼」直喘氣。

「怎麼啦？生誰的氣呢？」這時候蘇華進來了，她笑嘻嘻地問我道。

我心裏鬱悶，只好搖了搖頭，「沒生誰的氣。我自己氣我自己還不行嗎？」

「還沒生氣？看你這樣子。怎麼啦？誰讓我們的帥哥學弟不高興了？你告訴我，我替你出氣。」她依然在和我開玩笑。

我看著她的樣子，忽然心裏一動，「學姐，原來你早就知道了啊？」

她看著我，「我知道什麼？」

「試管嬰兒專案的事情，你是不是早就知道了？」我問道，聲音冷冷的。

她在躲閃我的眼神，「學弟，你這話是什麼意思？」

我頓時明白了，「學姐，你很不夠朋友。」說完後我轉身就出了病房。

我覺得今天自己倒楣透了，這一切都是因為自己太傻、太相信別人的緣故。

去到醫院外邊給宋梅打了個電話。沒手機真的很麻煩。

「我正想給莊晴打電話呢。怎麼樣？下班了嗎？」宋梅問我道。

「晚上在什麼地方？」我問道。

「江邊吧，那裏風景不錯。」他說，隨即告訴了我一家酒樓的名字。

我放下電話後就去搭車。

我到那裏的時候，他已經等候在外邊了，除了他還有一個女人，一個很漂亮的女孩子。

「你一個人？」他問道。

「不是一個人還有誰？」我苦笑道，悄悄去看了他身旁的那個女孩子一眼，心想：這傢伙真有豔福，竟然找到這麼漂亮的一個女人。

「我以為你要帶莊晴來呢。怎麼？你沒叫她？」他問我道。我詫異地看著他，心裏覺得有些匪夷所思。轉念間頓時明白了：他是希望莊晴來看到他帶的這個女人，炫耀自己的魅力。

男人有時候就這樣，雖然已經不喜歡某個女人，但內心裏依然會覺得酸酸的。

「我不知道，你又沒說要叫她。」我搖頭道。

「這是小鍾。」他隨即把那個女人介紹給了我，「這位就是我給你說過的馮大哥。這樣，你先去把菜點了，我與馮大哥說幾句話。」

那個叫「小鍾」的漂亮女孩朝我笑了一下後離開了。宋梅隨即過來對我說道：「馮大哥，你別見怪。我以為你會把莊晴叫來呢。她不是一直覺得我對不起她嗎？我是想讓她看看，我喜歡的女人究竟是什麼樣的。」

我心裏極不舒服，「既然如此，當初你幹嘛要娶她呢？」

「馮大哥，說起來你可能不大相信。當初我也是通過一個朋友在舞場上認識她的。誰知道她一下就喜歡上我了。有一次我那朋友召集莊晴的同學吃飯，我也去了，誰知道一高興我就喝醉了。結果醒來的時候，發現自己和莊晴在賓館的床上，一切都發生了。這下好了，她非得要和我結婚。可是我不喜歡她啊？但是想到自己畢竟破壞了她的初次，所以就沒辦法了。但是，自從結婚後我就發現自己和她的性格完全不合，我們經常吵架。哎！後來的事情你都知道了。」他歎息著說。

我頓時恍然，「可是，現在她已經不再喜歡你了啊？沒必要這樣吧？」

他卻在搖頭，「馮大哥，你不知道女人的心思啊。直到現在她都還想和我恢復關係呢。你說，這可能嗎？俗話說，覆水難收，這潑出去的水還收得回來嗎？」

我心裏猛地一震，頓時明白了莊晴為什麼會如此忌諱科室裏的人知道我和她的關係的原因了。不過，這好像也不對啊？要知道，今天早上我和她才那樣過了呢。這像是要和他恢復關係的做法嗎？

「宋梅，可能你搞錯了。我覺得莊晴早已經忘記你了。真的。」我說。

他歎息，「但願如此吧。走，馮大哥，我們喝酒去。」

我忽然擔心起來，「這個女人和你什麼關係？一會兒我們談事情方便嗎？」

「方便，她是我的未婚妻，我們準備馬上結婚了。」他笑著說。

我站住沒動，「宋梅，你告訴我，你為什麼覺得莊晴還希望和你恢復關係呢？」

「哎！馮大哥，本來我不想告訴你的。是這樣，昨天她給我打了個電話，說要和我好好談談。我拒絕了。你說，她這不是還想和我好又是什麼意圖呢？」他歎息著說。

我一怔，隨即搖頭笑道：「宋梅啊，你這人吧，就是太聰明了，聰明得太自以為是了。你怎麼就知道她給你打那個電話就是想和你恢復關係呢？說不定她是有其他的事情也難說呢。」

他頓時也怔住了，「是啊，這也有可能。馮大哥，謝謝你的批評，是我太自信了。」

「把你手機給我，我手機掉了。」我說。

他把他的手機朝我遞了過來，「你是要給莊晴打電話吧？好啊，叫她過來，我也正好問問她究竟有什麼事情要找我。」

他能夠猜出我的目的我一點也不感到奇怪，而且，我也很想知道莊晴昨天找他究竟有什麼事情。還有就是，我想彌補今天下午我們已經產生的隔閡。

電話一直沒有接。很明顯，她知道我現在是與宋梅在一起，今天我接電話的時候，她聽到了我與宋梅的說話內容，因為當時我用的就是她的電話，看來她還在生我的氣。

於是，我掛斷了她的電話，隨即給陳圓撥打。她接聽了，電話裏傳來了鍋鏟碰擊鐵鍋的聲音。很明顯，她現在正在廚房裏。

「陳圓，莊晴在嗎？」我問道。

「剛剛回來。」她說。

「你請她接電話，對了，晚上我不來吃飯了。」我說，特地把「回來」的「回」字去掉了。

「哎呀，我做了好多菜的。今天早上不是說好了的嗎？怎麼？你真的生我的氣了？不就是沒接到你的電話嗎？」她說。

我心裏有些愧意，於是柔聲地道：「不是，我怎麼會生氣呢？我確實有事情。你快把電話給莊晴吧，她剛才沒接我的電話，估計是沒有聽見。」

「哦，我馬上去給她。」她說，隨即電話裏傳來了她「踢踢踏踏」的腳步聲，「莊晴姐，哥的電話。他給你打了電話的，你沒聽見啊？」

「不接。」隨即，我聽到電話裏傳來了莊晴的聲音。

陳圓在勸說她道：「接吧，哥好像有急事要找你。」

我心裏忐忑，靜靜地聽著電話裏傳來的一絲一毫的聲音。

電話裏傳來了她的聲音，她的聲音冷冰冰的，「怎麼啦？怎麼想起我來了？」

「莊晴，過來一起吃飯吧，我和宋梅在一起。你不是要找他說什麼事情嗎？」我說，同時也是一種試探。

「我不來！」她說，斬釘截鐵的。我害怕她馬上掛斷電話，急忙地道：「宋梅帶了他未婚妻來了。我一個人，你也來吧。」

電話沒有被掛斷，但是裏面卻沒有聲音。我發現宋梅一直在看著我，我心裏很不是滋味。

「來吧，我們等你。」我柔聲地對她說道。

「在什麼地方？」她低聲地問道。我告訴了她，心裏忽然覺得酸酸的，同時也覺得自己很無恥。

「她來了，你先上去吧，我在這裏等她。」我把電話遞給宋梅同時對他說道。

他點頭，「我等你們。」

看著他進入到酒樓，我忽然有了一種感覺：這個人今天的這一齣好像另有含義。

前幾天常育告訴我說，那個專案的事情是宋梅提出來以退為進，也就是說，準備先讓斯為民拿到那個專案，然後把朱廳長與斯為民之間的某些東西悄悄遞交給朱，這樣就可以達到一箭雙雕的目的，一是借此機會逼迫朱廳長離開民政廳，二是宣佈斯為民取得那個專案為無效。

如今朱廳長的調令還沒有到，所以事情到了最關鍵的時刻，宋梅今天這樣做的目的很可能是為了向我表明他將真的與莊晴不再有那樣的關係。現在，趙夢蕾出了那樣的事情，或許他認為我們離婚是遲早的事情，雖然還有陳圓在，但是他知道莊晴對我的重要性。

我必須在這裏等候莊晴。一是對她表示誠意和歉意，二是想提前探探她的情緒。

剛才，從電話裏我明顯地感到了莊晴對宋梅的情誼。一個女人會在什麼樣的情況下對自己前夫的新女人感興趣？難道她真的對宋梅舊情依舊？

莊晴還沒有到，當然不會這麼快到了。我站在酒樓的外邊，看著過往的人們，還有他們臉上各色的神態，心裏既覺得有趣又有些焦躁。等待是一種難言的痛苦。

又過了許久，我面前並沒有計程車停下，我朝前面的方向張望。

「喂！看什麼呢？」猛然地，我身後傳來了一個熟悉的聲音。莊晴。

我驚喜地轉身，發現她正站在我身後不遠的地方看著我笑。

「我說呢，該到了嘛。」我笑著對她說。

「坐過了一點點，計程車開得太快了。我看見你站在路邊，我叫司機的時候車已經衝到前面轉彎的地方去了。」她笑著說，隨即過來挽住了我的胳膊。

我心裏頓時變得複雜起來，「莊晴。」我叫了她一聲。

「嗯。」她應道。

「你不生我的氣了？」我問道。

「你討厭！幹嘛不相信我？」她說，隨即掐了我胳膊一下。

「對不起嘛。你想，假如你遇到那種情況會不會懷疑？我開始明明打電話她沒有接，結果你一拿過去她就正好接了。我馬上接過來打的時候她又沒接電話了。這……哈哈！要怪的話就怪陳圓好了。這丫頭，真是的！」我想起今天的事來就覺得好笑。

「馮笑，說到底還是你最喜歡她啊，你為了她不惜和我爭吵。」猛然地，我耳邊傳來了她幽幽的聲音。我一怔，頓時覺得自己好像確實是那樣的，心裏不禁慚愧，「莊晴，對不起。我……我也很喜歡你的，你知道的啊。」

「我不會吃陳圓的醋，你放心好了，不過我心裏還是覺得難受。馮笑，我是女人呢，你想過我的感受沒有？」她說，竟然開始抽泣起來。我心裏更加慚愧，同時也很歉意，急忙用手攏了攏她的腰，「莊晴，對不起。」

「馮笑，我還是忘不了他。」忽然，我聽到她幽幽地對我說了一句，「有時候我就想，我和你始終不會有什麼好結果。現在，我覺得自己已經變得無依無靠的了。他已經離我而去，你的心卻另有所屬，特別是今天中午，我好傷心。」

我心裏更加愧疚，「對不起，莊晴，我會好好對你的。對不起，我無法對你作出什麼承諾，但是我的心裏一直都有你的。真的，莊晴，宋梅已經有了新的女人了，我目前的情況又是這個樣子，而你還很年輕。所以，你應該重新去找到自己喜歡的那個人。」

「你以為那麼容易啊？」她說，聲音裏帶著哽咽，還有一種蕭索的意味。

「章院長還不知道你和宋梅的事情吧？」我問道。

「我哪裏敢告訴他啊。」她低聲地說，「今天我倒是要來看看他，看看他喜歡的女人究竟是什麼樣的。」

「莊晴……」我頓時猶豫了，因為我忽然開始擔心起來，我擔心今天晚上她會激動，會惹出不必要的麻煩來。

「沒事，我就是想來看看。作為女人，我很失敗，我倒是想看看我究竟失敗在什麼地方。沒什麼的，我就看看。」她朝我淒然而笑，「走吧，我們進去。哦對了，你的手機，果然掉在了家裏。」

她說的「家裏」二字讓我心裏忽然湧起了一種溫暖的感覺，即刻去把自己的手機接了過來，「莊晴，你在什麼地方找到的？」

她忽然地笑了起來，「在床下。我記得你睡覺前是把它放在床頭櫃上的是吧？和你的手錶一起。可能……嘻嘻！可能是不注意把它給……哈哈！走吧，馮笑，走，今天我要高高興興的，不要讓他們看不起。」

她是在笑，不過我感覺到她笑得有些誇張，而且她的笑聲裏還帶有一種悲戚的味道。唯有歎息。

我和莊晴進入雅間的時候，她挽著我的胳膊。我們進去的時候，宋梅正和那個漂亮女孩在低頭私語著什麼，見我們進去了，兩個人急忙地站了起來。

「莊晴，還是那麼漂亮啊？」宋梅倒是顯得很大方。

「老太婆了。」莊晴說，隨即去看那女孩，「啊，這是誰啊？這麼漂亮！我說呢，宋梅帥哥找的女人肯定不會太差的。」她的語氣有些誇張，說完後就把她的手從我的胳膊裏抽了出來，然後去到漂亮女孩旁邊，她開始不住地打量對方。女孩的臉紅了，局促地看著她。

「姐姐好，我叫鍾燕燕。姐姐是莊晴吧？我早就聽說過你了，姐姐真漂亮。」女孩說道，神情依然局促不安的樣子。

「姐姐？我真的比你大啊？」莊晴問道。

女孩的臉更紅了，「我，我覺得叫你姐姐才恰當。」

「好了，人終於到齊了，服務員，可以上菜啦。」宋梅發現了這種尷尬情況，急忙去吩咐服務員。

「莊晴，快來坐下，我都餓了。」我也急忙去招呼莊晴，我發現她今天的表現確實很不正常。

「你們兩個男人喝酒，我和小鍾說說話。」莊晴卻說。

宋梅朝我苦笑，「馮大哥，別管她們。來，我們喝酒。」我和他挨著坐下。

服務員開始上菜，先來的是涼菜，還有一瓶五糧液。

我的注意力還是在莊晴和小鍾那裏。我看到莊晴拉著小鍾的手不住地在嘰嘰喳喳，「小鍾妹妹的這件衣服好漂亮哦，你皮膚這麼好，這衣服很適合你。對了，你這毛衣是在哪裏買的？太漂亮了，駝絨的吧？真好看。」

「不是，是我自己織的。」小鍾低聲地說，很不好意思的樣子。

「這麼能幹啊？難怪。」莊晴說，見我在看她們，即刻轉臉對我說道：「馮笑，看什麼看？女人說話你別偷聽，你又聽不懂。」

我苦笑，即刻轉臉。宋梅也在朝我苦笑，他已經倒好了酒，「來，馮大哥，我敬你一杯。」

「等等，我也要喝酒。」這時候莊晴忽然地說道。

「好，我給你倒。」宋梅說，隨即去問鍾燕燕：「你也喝點吧，今天難得馮大哥和莊晴都在。」

「嗯。」鍾燕燕點頭，很溫柔的樣子。

「來，馮大哥，莊晴，我和小鍾一起敬你們兩個一杯，我希望我們永遠都是好朋友，如果今後我有什麼做得不好的地方的話，請你們隨時向我指出來，我一定虛心接受。我覺得人這一輩子最重要的還是友情，沒有什麼比友情更重要的了。你說是嗎，馮大哥？」宋梅開始舉杯。

我點頭。雖然覺得他的話聽起來怪怪的，但卻無法說他不對。畢竟人家現在的態度很誠懇。

「莊晴，」宋梅又去對我身旁的她說道，「俗話說，一日夫妻百日恩。我們雖然不能夠再在一起了，但是我一直是把你當成朋友和小妹妹看待的。我知道我對不起你，但是我覺得兩個人在一起最重要的是互相喜歡。你說是不是這樣？所以，我希望你不要恨我。以前我們約定的事我會在今後兌現的。你放心好了。小鍾比你小不了多少，不過她沒有你懂事，我希望你們也能夠成為好朋友，她如果有什麼地方做得不對的話，也希望你教教她，同時也可以批評她。好嗎？」

「不懂事的是我，我哪敢教別人啊？」莊晴說，端起酒杯就一口喝了下去。

宋梅微微一笑，舉杯對我說道：「馮大哥，請。」

我喝下了，隨即去看莊晴，發現她正在如風卷殘雲般地掃蕩桌上的那些涼菜。宋梅也注意到了，他轉身去責怪服務員道：「你們搞什麼名堂？我們的熱菜呢？」

「馬上就來了。」服務員歉意地說。

我也覺得氣氛這樣尷尬下去不大好，於是主動去問宋梅道：「那個專案的事情目前到了哪一步了？」

「馮大哥，斯為民來找過你沒有？就是最近？」他卻忽然問我道。

我搖頭，「沒有。陳圓沒有再去維多利亞上班，斯為民的老婆連電話都沒有一個。」

他頓時笑了起來，「馮大哥，你看見了吧？這才是標準的過河拆橋的人。需要你的時候天天來找你，不需要的時候就當你不存在。」

「無所謂，反正這樣的人我又不想和他們多聯繫。」我說。

「這樣也好，這樣我就放心了。」他依然在笑，隨即朝我舉杯，「馮大哥，看來我的計畫很完美。」

我很詫異，「計畫？什麼計畫？」

「現在就是不要讓斯為民發現我們的目的是以退為進。他還以為他已經完全搞定了呢。如果他有所察覺的話，肯定會來找你。馮大哥，現在你看清楚了吧？這才是真正的生意人呢。」他笑著說。

我點頭，「是啊，不過這個過程不能拖得太長了。俗話說夜長夢多，我很擔心出事情。」

他點頭，「是的，不過他已經沒機會了，朱廳長的調令已經下來了。哈哈！估計斯為民最近幾天又會來找你了。」

我苦笑。心想：說不定他真的會來找我的。

「馮大哥，假如他來找你的話，你準備怎麼辦？」他問我道。

「還能怎麼辦？不理他就是了。」我說。

他搖頭，「不，你應該答應他見面。看看他究竟想找你幹什麼。這樣的話我們才可以做到萬無一失。馮大哥，你千萬不要小看了斯為民這個人，他的東西很多的。雖然這次他犯下了不該犯的錯誤，但是這並不說明這個人簡單。因為他小看了你，覺得你只不過是一個小小的醫生罷了，所以就沒有在你身上花費那麼多的力氣。不過，一旦他發現了自己的錯誤之後，肯定會馬上作出調整。所以，我覺得你應該答應他，看看他究竟下一步想幹什麼。這不僅僅關係到專案的事情，更多的是要保證常廳長的安全，這很有必要。」

我看著他，「宋梅，你今天請我喝酒就是這個目的吧？這個時間你掐得蠻恰當的嘛。」

「馮大哥，你不要這樣說好不好？請你理解，有些事情我不得不小心。沒辦法啊，你看以前的事情，就是我不小心讓他知道了這個專案的資訊，結果搞出多少麻煩來啊。」他說，態度誠懇，神情真摯。

「好吧，我聽你的。」我說，朝他舉杯。

「你們說完了沒有？吃頓飯儘是談工作，煩不煩啊？」莊晴忽然說道，很不滿的樣子。

「好了，好了！我們不談工作了。從現在開始，誰談工作就罰誰的酒。」宋梅連忙地道。

我發現莊晴接下來開始變得隨和了起來，她主動去敬宋梅和小鍾的酒，而且還拉著我一起去敬。她的話也開始多了起來，嘰嘰喳喳的桌上都是她的聲音。

很快地我們就喝下了兩瓶白酒，宋梅的話也多了起來。我也一樣。唯有小鍾依然靦腆，她的話很少，不過只要是宋梅提議的話題，她都會馬上溫柔地接受，她每一次去看宋梅的時候，眼神都是溫柔的。我看得清清楚楚。

我彷彿明白了：像宋梅這樣的男人，他需要的是溫柔體貼的妻子，而不是像莊晴那樣有著男人和小孩子性格的女人。

「宋梅，你剛才讓我教教小鍾是吧？還別說，我還真的想對她說幾句話呢。」當桌上的氣氛變得沉寂、尷尬起來的時候，莊晴忽然說道。

我大驚，「莊晴，你喝多了！宋梅，今天就這樣吧，你的意思我完全明白了。接下來有什麼消息的話，我會即刻與你聯繫的。」

他點頭。

「不行，我還沒吃飽呢，酒也沒有喝好。宋梅，原來你剛才說的都是假話啊？」

「莊晴……」我輕輕地去拉了她一下，可是被她甩開了我的手。

「莊晴姐，你說吧，我也很想聽的。」讓我想不到的是，小鍾竟然即刻說了這麼一句話出來。

我看著宋梅苦笑。宋梅的臉色如常。

我沒有想到莊晴竟然如此倔強，竟然非得在這個時候做出這種節外生枝的事情來。更讓我感到尷尬的是，她一點都不聽人勸。她的這種倔強與小鍾的溫柔完全形成了鮮明的對比。

莊晴在看著我們，一瞬之後竟然笑了起來，「好，我不說其他的了行不行？我講一個故事吧。」

我們都沒有說話，她卻沒有理會我們的態度，自顧自地講了起來——

這天，白雲酒樓裏來了兩位客人，一男一女，四十歲上下，穿著不俗，男的還拎著一個旅行包，看樣子是一對出來旅遊的夫妻。服務員笑吟吟地送上菜單。男的接過菜單直接遞給女的，說：你點吧，想吃什麼點什麼。女的連看也不看一眼，抬頭對服務員說：給我們來碗餛飩就行了。

服務員一怔，哪有到白雲酒樓吃餛飩的？再說，酒樓裏也沒有餛飩賣啊。她以為自己沒聽清楚，不安的望著那個女顧客。

女人又把自己的話重複了一遍，旁邊的男人這時候發話了：吃什麼餛飩，又不是沒錢。

女人搖搖頭說：我就是要吃餛飩！男人愣了愣，看到服務員驚訝的目光，很難為情地說：好吧，請給我們來兩碗餛飩。

不！女人趕緊補充道，只要一碗！

男人又一怔，一碗怎麼吃？

女人看男人皺起了眉頭，就說：你不是答應的，一路上都聽我的嗎？

男人不吭聲了，抱著手靠在椅子上。

旁邊的服務員露出一絲鄙夷的笑意，心想：這女人摳門摳到家了，上酒樓光吃餛飩不說，兩個人還只要一碗。她對女人撇了撇嘴：對不起，我們這裏沒有餛飩賣，兩位想吃，還是到外面大排擋去吧！

女人一聽，感到很意外，想了想才說：怎麼會沒有餛飩賣呢？你是嫌生意小不願做吧？

這時候酒樓老闆恰好經過，他聽到女人的話，便對服務員招招手，他小聲吩咐服務員：你到外面買一碗餛飩回來，多少錢買的，等會結帳時多收一倍的錢！說完他拉張椅子坐下，開始觀察起這對奇怪的夫妻。

過了一會兒，服務員捧回一碗熱氣騰騰的餛飩，往女人面前一放，說：請兩位慢用。

看到餛飩，女人的眼睛都亮了，她把臉湊到碗面上，深深地吸了一口氣，然後，用湯匙輕輕攪拌著碗裏的餛飩，好像捨不得吃，半天也不見送到嘴裏。

男人瞪大眼睛看著女人，又扭頭看看四周，感覺大家都在用奇怪的眼光盯著他們，頓感無地自容，恨恨地說：真搞不懂你在搞什麼，千里迢迢跑來，就為了吃這碗餛飩？女人抬頭說道：我喜歡！

男人一把拿起桌上的菜單：你愛吃就吃吧，我餓了一天了，要補補。他便招手叫服務員過來，一口氣點了七八個名貴的菜。

女人等男人點完了菜，這才淡淡地對服務員說：你最好先問問他有沒有錢，當心他吃霸王餐。

沒等服務員反應過來，男人就氣紅了臉：老子會吃霸王餐？老子會沒錢？他邊說邊往懷裏摸去，突然咦的一聲：我的錢包呢？他索性站了起來，在身上又是拍又是捏，這一來竟然發現手機也失蹤了。男人站著怔了半晌，最後將眼光投向對面的女人。

女人不慌不忙地說道：別瞎忙活了，錢包和手機我昨晚都扔到河裏了。

男人一聽，火了：你瘋了！

女人好像沒聽見一樣，繼續緩慢的攪拌著碗裏的餛飩。

男人突然想起什麼，拉開隨身的旅行包，伸手在裏面猛掏起來。

女人冷冷說了句：別找了，你的手錶，還有我的戒指，咱們這次帶出來所有值錢的東西，我都扔河裏了。我身上還有五塊錢，只夠買這碗餛飩了！

男人的臉刷地白了，一屁股坐下來，憤怒的瞪著女人：你真是瘋了，你真是瘋了！咱們身上沒有錢，那麼遠的路怎麼回去啊？

女人卻一臉平靜，不溫不火地說：你急什麼？再怎麼著，我們還有兩條腿，走著走著就到家了。

男人沉悶的哼了一聲。

女人繼續說道：二十年前，咱們身上一分錢也沒有，不也照樣回到家了嗎？那時候的天，比現在還冷呢！

男人聽了這句，不由得瞪直了眼：你說，你說什麼？

女人問：你真的不記得了？男人茫然地搖頭。

女人歎了口氣：看來，這些年身上有了幾個錢，就真的把什麼都忘了。二十年前，咱們第一次出遠門做生意，沒想到被人騙了個精光，連回家的路費都沒了。經過這裏的時候，你要了一碗餛飩給我吃，我知道，那時你身上就剩下五毛錢了……

男人聽到這裏，身子一震，打量了四周，這裏……

女人說：就是這裏，我永遠也不會忘記，那時它還是一間又小又破的餛飩店。

男人默默地低下頭，女人轉頭對在一旁發愣的服務員道：請給我一只空碗。

服務員很快拿來了空碗，女人捧起面前的餛飩，撥了一大半到空碗裏，輕輕推到男人面前：吃吧，吃完了我們一塊走回家！

男人盯著面前的半碗餛飩，很久才說了句：我不餓。

女人眼裏閃動著淚光，喃喃自語：二十年前，你也是這麼說的！說完，她盯著碗沒有動湯匙，就這樣靜靜地坐著。

男人說：你怎麼還不吃？

女人又哽咽了：二十年前，你也是這麼問我的。我記得我當時回答你。要吃就一塊吃，要不吃就都不吃，現在，還是這句話！

男人默默無語，伸手拿起了湯匙。不知什麼原因，拿著湯匙的手抖得厲害，舀了幾次，餛飩都掉下來。最後，他終於將一個餛飩送到了嘴裏，使勁一吞，整個都吞到了肚子裏。當他舀第二個餛飩的時候，眼淚突然叭嗒往下掉。

女人見他吃了，臉上露出了笑容，也拿起湯匙開始吃。餛飩一進嘴，眼淚同時滴進了碗裏。這對夫妻就和著眼淚把一碗餛飩分吃完了。

放下湯匙，男人抬頭輕聲問女人：飽了麼？

女人搖了搖頭。男人很著急，突然他好像想起了什麼，彎腰脫下一隻皮鞋，拉出鞋墊，手往裏面摸，沒想到居然摸出了五塊錢。他怔了怔，不敢相信地瞪著手裏的錢。

女人微笑的說道：二十年前，你騙我說只有五毛錢了，只能買一碗餛飩，其實呢，你還有五毛錢，就藏在鞋底裏。我知道，你是想藏著那五毛錢，等我餓了的時候再拿出來。後來你被逼吃了一半餛飩，知道我一定不飽，就把錢拿出來再買了一碗！頓了頓，她又說道，還好你記得自己做過的事，這五塊錢，我沒白藏！

男人把錢遞給服務員：給我們再來一碗餛飩。

服務員沒有接錢，快步跑開了，不一會兒，捧回來滿滿一大碗餛飩。

男人往女人碗裏倒了一大半：吃吧，趁熱！

女人沒有動，說：吃完了，咱們就得走回家了，你可別怪我，我只是想在分手前再和你一起餓一回，苦一回！

男人一聲不吭，低頭大口大口吞咽著，連湯帶水，吃得乾乾淨淨。他放下碗催促女人道：快吃吧，吃好了我們走回家！

女人說：放心，我說話算話，回去就簽字，錢我一分不要，你和哪個女人好，娶個十個八個，我也不會管你了……

男人猛地大聲喊了起來：回去我就把那張離婚協議書燒了，還不行嗎？說完，他居然號啕大哭，我錯了，還不行嗎？我腦袋抽筋了，還不行嗎？

女人面帶笑容，平靜地吃完了半碗餛飩，然後對服務員：結帳吧。

一直在旁觀看的老闆猛然驚醒，快步走了過來，擋住了女人的手，卻從身上摸出了兩張百元大鈔遞了過去：既然你們回去就把離婚協議書燒了，為什麼還要走路回家呢？

男人和女人遲疑地看著店老闆，店老闆微笑道：咱們都是老熟人了，你們二十年前吃的餛飩，就是我賣的，那餛飩就是我老婆親手做的！說罷，他把錢硬塞到男人手中，頭也不回地走了……

店老闆回到辦公室，從抽屜取出那張早已擬好的離婚協議書，怔怔地看了半晌，喃喃自語地說：看來，我的腦袋也抽筋了……

莊晴講到這裏便停住了，桌上一片沉靜。我忽然感到喉嚨裏酸酸的很難受。

這時候，卻聽莊晴繼續說道，聲音輕輕的，「這是我父母的故事，以前爸爸講給我聽的時候，我還沒覺得什麼，但今天我才發現他們的故事真的很感人。誰說覆水難收的？只不過是某些人不想收回罷了。好啦，我吃飽了。馮笑，我們走吧。」

她說完後便站了起來。

「你們先走，我和小鍾再坐一會兒。」宋梅朝我們笑了笑，我發現他的笑容好難看。

第四章

直擊內心深處的要害

「假如你現在是單身，你是準備娶我呢，還是娶陳圓？」

「我……」我頓時語塞。

以前，她不止一次地對我說過，她並不在乎我是否會娶她。

但是現在看來，她以前所說的並不是她內心最真實的想法。

身有所屬，但是心卻不能所屬，這是女人最大的悲哀之一啊！

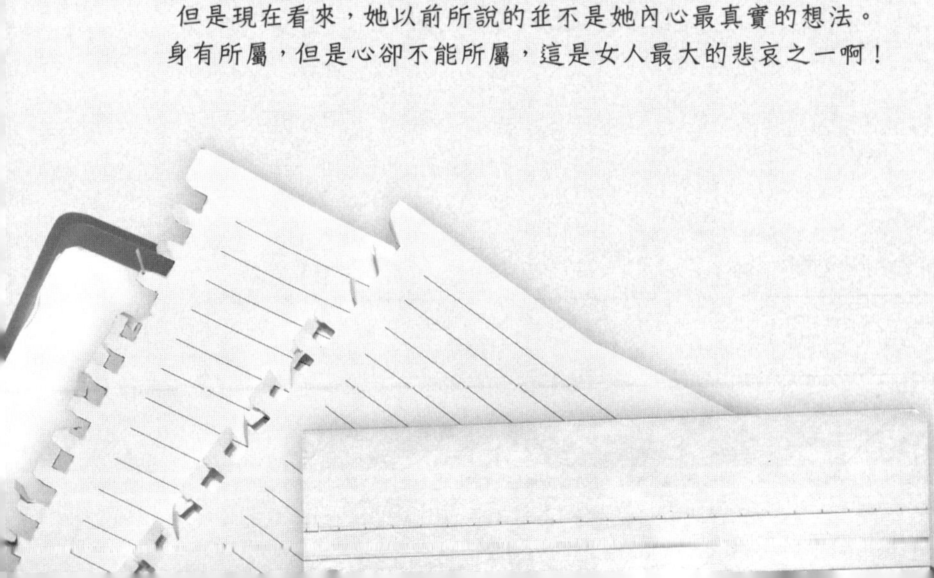

一出酒樓，莊晴就挽住了我的胳膊。我心裏卻很不是滋味。從她今天晚上的表現來看，我明顯地感覺到她的心裏還裝著宋梅。可是，她為什麼還要繼續與我好下去呢？難道還是因為那個專案？

有時候人就是這樣，明明知道對方是因為某種目的而在和你交往，但是卻總是希望對方與自己一樣是出於一種真情。這種自欺欺人的想法，總是會自然而然地出現，總是讓人有一種揮之不去的痛苦。

「你講的那個故事是真的嗎？」我找到了一個話題。說實話，我很懷疑她剛才那個故事的真實性，因為她最後講到的關於那個酒樓老闆的悔悟，讓我感覺到了虛假——她父親是怎麼知道那個過程的？

「馮笑，你覺得我可以隨便編出一個那樣的故事來嗎？」她卻反問我道。

我覺得倒也是，「莊晴，你爸爸媽媽還好吧？」

「嗯。」她說，「馮笑，你知道我現在最害怕什麼嗎？」

我一怔，覺得她今天的思維特別飄逸，「莊晴，你今天怎麼啦？我怎麼聽不明白你究竟要說什麼呢？」

「我最害怕我的父母知道我離婚的事情。他們經歷過那樣的事情，雖然因為那碗餛飩而改變了一切，但是我仍然能夠感覺到他們之間的那種裂痕。現在，我離婚了，我實在無法去面對他們。因為在他們的眼裏，我的生活是幸福的。我覺得自己現在真的很不孝，因為我的婚姻最終還是讓他們失望了。當初，我父親是堅決反對我與宋梅結婚的。父親對我說，宋梅是屬於那種太過聰明和現實的人，不是一般的女人可以守得住的男人。我當然不會相信，所以我倔強地和他結婚了。誰知道到頭來竟然會是這樣的結果，真的被我父親給說中了。」她說，聲音很淒苦。

「莊晴，你父親當時也是為了你好。他是男人，所以他能夠看得清其他的男人。不過，他畢竟是你的父親，這天底下對你最好的人，其實就是你的父母，沒有誰會比他們對你更好。所以，即使他們知道了你現在的情況，也不會責怪你的。我相信，他們會更加地憐愛你、關心你。你說是嗎？」我說，心裏忽然想起了自己的父母來。他們又何嘗不是如此呢？只可惜我雖然意識到了這一點，但是卻無法去理解他們。在我的內心裏，那種強烈的反叛意識依然存在。

「我不怪他。」她忽然地說道，「今天我才知道了，不是自己的東西就永遠不是的，即使採用非常的手段去爭取到了，也只是短暫的擁有。那個小鍾，她好像比我是要優秀一些。」

我可以理解她現在的心情，而且我還可以非常清楚的知道，她現在的心情依然很糟糕。雖然她說得那麼輕鬆，但是她的心裏一定特別難受——看到一個比自己優秀的女人，愛上了自己曾經喜歡的男人，這會是一種什麼樣的滋味？

「莊晴，一個女人優不優秀不是簡單就可以區分的。每個男人對女人的評價標準不一樣，在他們的眼裏優秀與否的概念完全不相同的。比如說，我就覺得你很優秀。人啊，不要活得那麼累，自己隨時高興就行。你說是嗎？」我安慰她道。

「馮笑，你這話說得輕鬆。你身邊那麼多漂亮女人，當然可以隨時高興了。可是我呢？我喜歡的男人沒有一個願意和我白頭偕老。現在我還年輕倒是無所謂，再過幾年後誰還要我？我想不到自己竟然這樣失敗，年紀輕輕的就成了離婚女人了。嘿嘿！想不到我莊晴竟然如此悲哀。」她冷笑著說道，手，即刻從我的臂彎裏面抽了出去。

我頓時尷尬起來，「莊晴，我沒有其他意思。我的情況你是知道的。雖然我是真的喜歡你，但是我老婆出了這樣的事情，我總不能在這種時候和她分手吧？她是女人，而且還曾遭受那麼多的痛苦，如果我那樣做的話，豈不是把她推向深淵？」

「那麼，假如你已經解決了你老婆的事，假如你現在是真正的單身，那你告訴我，你是準備娶我呢，還是娶陳圓？」她問我道，聲音冰冷得讓我打了一個寒噤。

「我……」我頓時語塞。她的這個問題直擊我內心深處的要害，讓我難以回避。以前，她不止一次地對我說過，她並不在乎我是否會娶她。但是現在看來，她以前所說的並不是她內心最真實的想法。我理解她，因為她是女人，不可能安於目前的狀態。

身有所屬，但是心卻不能所屬，這是女人最大的悲哀之一啊！

她卻又來挽住了我的胳膊，「好啦，我只是說說而已。我真的沒有吃陳圓醋的意思，真的。哎！愛情這東西究竟是什麼啊？」

「你不再相信愛情了？」我問道。

「不，愛情，我永遠相信，但是，不相信愛情永遠。」她說，聲音幽幽的。

我頓時被她感染，被她這種濃濃的憂鬱感染了。我伸出手去摟住了她的纖腰，「莊晴，我覺得我們都需要時間和等待。未來的事誰也說不清楚。你說是嗎？」

她猛然地轉身，盯著我，瞳仁在路燈的反光下閃亮了一下，「馮笑，你準備放棄你老婆了啊？」

我一怔，「我什麼時候說過這話啊？」

「馮笑，你知道我為什麼這麼喜歡你嗎？」她沒有回答我，「因為我覺得你是一個講良心、有情感的男人。你老婆雖然出事了，但是你依然不願意拋棄她。我覺得這才是一個男人應該做到的事情。哎！現在看來我錯了。」

我莫名其妙，再次問道：「莊晴，我什麼時候說過要放棄她啊？」

「算了，不說了。馮笑，我給你說啊，你得幫助宋梅拿下那個專案，我現在可是什麼都沒有了，但是必須得有錢。等我有錢了，就去包一個小白臉來養。哼！我就不相信了，這個世界沒人要我！」她說道，猛然地大笑了起來。

我看著她，瞠目結舌、目瞪口呆。

「怎麼？傻了？」她過來拉住了我，「馮笑，餓了嗎？走，我們喝酒去！」

「不喝了吧？我們回去。」我說。

「你很無趣呢，你知道嗎？我是女人，和你有著特殊關係的女人。你不能陪我一輩子，陪我一小會兒總可以吧？」她不悅地道。

我汗顏無比，「莊晴，你怎麼這樣說呢？我是不想你喝多了酒。你也是搞醫的，知道酒對人的危害的啊？好吧，既然你這樣說了，我就陪你吧。」

「這才是我的好大哥嘛。」她頓時高興起來，猛然地在我臉頰上親了一口。我哭笑不得。

我們去到江邊一處大排檔。幾樣涼菜，一盆水煮青蛙，一箱啤酒。

「馮笑，來，我們喝酒。」她朝我舉杯。

「喝。」我說，隨即朝她笑道：「莊晴，你今天是不是想醉？你想醉的話，我陪你。」

她瞪了我一眼，「我就是想醉的話，你也不能說出來啊？說出來就沒有意思了，你很無趣。」

我「呵呵」地笑，「好了，那就不說了。」

她卻歎息，「今天陳圓要是在就好了。哎！她在也不好玩，她不能喝酒了。」

我覺得自己現在完全搞不懂她了，搞不懂她心裏真正想的是什麼。

「莊晴，你現在是不是覺得很難受？其實有些事情看開點就行了，其實你應該知道他並不適合你。我知道，你心裏捨不去的，其實是你對他最初的那份感情，可能還有你的面子。莊晴，我可是第一次在你面前這樣說話，你千萬不要生氣啊。我沒有其他什麼意思，只是不希望你為了一種毫無希望的感情傷心。我想好了，我老婆的事情不是小事，即使宋梅幫我，她也會至少被判個十來年的。雖然我不會和她離婚，但是我也不會離開你們的。我會一直和你們住在一起。我知道你剛才對我說的那句話是什麼意思了，你是覺得我說的『未來的事情誰也說不清楚』這句話，是我想放棄我老婆是吧？你認為那是我潛意識的想法是吧？其實不是的，因為我們對未來的事情都不可能預料得那麼準確。所以，我覺得我們都應該過好我們現在的每一天。人生苦短，沒必要把自己搞得那麼辛苦、那麼累。你說是嗎？」

她看了我一眼，頓時笑了起來，「馮笑，看不出來你蠻會說的嘛。好，我聽你的。來，我們喝酒。」

我喝下了，隨即又對她說道：「莊晴，你放心，專案的事情我一定會想辦法促成的。不僅僅是為了你，也是為了我老婆。萬一這個專案真的出了什麼問題的話，我也會想辦法去掙錢的，我的錢還不是你的錢？你說是不是這樣？」

她看了我一眼，眼裏波光流動，臉上嬌媚無比，「馮笑，我發現你最近好像真的變了呢，變得會討女孩子喜歡了。你說的這些話，差點把我的魂都勾跑了。假如我們不認識，我也會馬上跟你回去上床的。哈哈！」

我哭笑不得，「莊晴，我可是對你說的真心話，你別這樣。」

她卻依然在笑，「我當然知道你說的是真心話了。正因為是真心話才感人嘛。不然的話，誰會願意跟著你回去上床啊？你以為我們女人都是傻子啊？」

「莊晴！」我有些不高興了，因為她把我的一片真心當成了玩笑在看待。

「馮笑，別生氣啊。來，我們喝酒。喝完酒我回去陪你好好玩玩。明天我的大姨媽就要來了，今天得抓緊時間好好高興高興才是。」她大笑。

我駭然地看著她，我知道她已經喝醉了。

她真的喝醉了，平常她的酒量應該不止今天這麼點的。我很清楚，這完全是因為她今天心情不好的緣故。

其實我也很矛盾。因為莊晴目前的這種狀況，完全是我和宋梅造成的，而我卻又無法給予她任何的承諾。

她不願意離開，非得繼續喝下去。我當然不會讓她這樣。一個人在傷心的同時如果還去傷害自己的身體的話，這絕對是一種愚蠢，只不過這種愚蠢往往在當時自己不覺得，但是第二天從酒醉中醒來後肯定會後悔。我有辦法讓她離開。

我親吻了她的臉頰一下，隨即柔聲地對她說道：「莊晴，走吧，我們回去慢慢喝。這裏太冷了，而且別人也會笑話我們的。你不是說了嗎？今天我們要回去好好玩玩，一會兒我們回去喝酒，喝醉後就直接上床好了。」

她看著我傻笑，「馮笑，你真壞。好，我們回去。今天晚上你不堅持到一個小時就不准你從我身上下來！」

周圍的人都在朝我們側目。我尷尬萬分，急忙拖著她離開了大排檔。

在計程車上的時候，她就已經癱軟了，不是因為激情，而是酒醉。

是我背她上的樓。是陳圓替她換上的睡衣睡褲。

陳圓給她換衣服的時候，我在客廳看電視。電視節目很無聊，但是我現在卻只能去看那些玩意兒，除此之外我不知道自己應該做什麼事情。

不一會兒，陳圓就出來了，她看著我笑，「莊晴姐為什麼喝成那樣？」

我搖頭苦笑，「她今天心情不好。」

她瞪大著眼睛看著我，「出什麼事了？」

「來，挨著我坐。」她的模樣很可愛，我心裏頓時升騰起一種柔情，我指了指自己旁邊對她說。她過來了，挨著我坐下。

我輕輕去攀住她的肩。她的肩好柔軟，還有些瘦弱。「陳圓……」我輕聲叫了她一聲。

「嗯。」她也輕聲地應了我一聲，即刻將她的頭靠在了我的肩上，秀髮的幽香氣息頓時灌入我的鼻孔，我的手從她的肩上離開，去輕撫她烏黑柔順的長髮，「今天檢查的情況怎麼樣？」

「孩子太小了，醫生說基本情況還不錯。」她回答，隨即便笑了，「哥，我怎麼覺得我們的孩子是兒子呢？我就想，我們的兒子今後長得究竟像你呢，還是會像我。今後他來到了這個世界上後，我想一定很好玩。」

我頓時笑了起來，「什麼話呢，怎麼叫好玩？」我的手開始捋她的秀髮，烏黑的髮絲柔順地從我的指縫中滑過。

「是啊，你想，今後我們的孩子肯定很可愛，他叫我媽媽，叫你爸爸，叫莊晴姐阿姨，然後莊晴姐又給你生個女兒，我們一家人多好玩？」她說。

我苦笑：這丫頭，想得倒是很好。可是，這可能嗎？我一個男人帶著兩個女人，她們還分別給我生孩子？

不過我沒有說什麼，因為我不忍打破她心中的這個美好幻想。我很喜歡她的秀髮，它們烏黑得發亮，柔順如瀑布，電視上面的那些廣告的美女們的頭髮都不如她的漂亮。

「陳圓，我倒是希望你能夠生一個女孩。你這麼漂亮，我想，你今後生的女兒也會和你一樣漂亮的。到時候我要給她買最漂亮的衣服，把她打扮得像洋娃娃似的，多好啊。」我說，腦海裏面頓時浮現出一個可愛女孩的模樣來。這一刻，我有些沉醉了。

「都說女孩像爸爸呢。」她說，在輕笑。

「像我也行啊？我還算帥吧？」我笑著說，隨即搖頭道：「不行，不能像我，我的嘴唇太厚了。」

她「嘻嘻」地笑，「那樣才性感。」

我心裏頓時升起一種奇怪的感覺，急忙去扳住她的肩膀問道：「陳圓，你怎麼會這樣說呢？性感？這個詞從你嘴巴裏說出來，讓我感到好奇怪。」

她的身體在扭動，臉上露出了痛苦之色，「哥，你弄痛我了。」我急忙地放開，心裏對自己剛才的魯莽感到愧疚。在我的心裏，真的不相信那樣的詞會從她嘴裏說出來，她在我的心裏一直都是如水般的純淨。

「哥，我幹嘛不能說那個詞？性感好啊？性感也是漂亮女人的一種呢。你說是不是？」她說。

我不禁苦笑：是啊，她在我的心裏太完美了，所以自己才會有那樣可笑的看法。陳圓也不小了，雖然她單純、純潔，但她可是生活在我們這樣一個世界裏面的啊。她一樣需要一份工作，一樣喜歡去逛街，這個世界不可能不污染到她。

我呆呆地想著，耳邊卻聽到她在問我道：「哥，你想過沒有？今後我們的孩子叫什麼名字？」

我一怔，「還沒來得及想這件事情呢。你想過了？想好了沒有？」

「好像孩子的名字應該是由孩子的父親取吧？」她仰頭問我道。漂亮的眼睛一閃一閃的很是可愛。

我笑道：「這件事我們可以商量。你覺得哪個名字好聽呢，我也會聽你的意見的。」

「我不知道呢，我覺得你們姓馮的就你馮笑這個名字最好聽了。」她說。

我不禁覺得很好笑，「胡說，馮鞏的名字不好聽？歷史上也有很多姓馮的名人呢，像什麼馮夢龍、馮玉祥等等。哪個人的名字不好聽啊？名字嘛，一個符號而已。人出名了，什麼名字都會覺得好聽的。對了，我初中時候班上有個女同學，她的名字叫黃素梅，我們班主任老師總是會念錯她的名字，每次都叫她黃黴素。哈哈！」

她也笑，一會兒後說道：「哥，我還是覺得你的名字最好聽。每次我一想起你的名字，就會在腦子裏面浮現出你笑的模樣來，真好。」

「那是你對我太熟悉了。」我說，心裏異常感動。她剛才的話我完全明白，那是因為她心裏真正地喜歡我，所以才會覺得我的名字是最好的，在她的心裏，我的名字與我這個人完全地合二為一了。

「你現在想想，我們的孩子今後叫什麼。我最近去書店看一些關於孩子的書，書上說，從現在開始我應該經常給孩子說話，說這也是胎教的方式之一呢。」她又對我說道，她的頭依然靠在我的肩上，我的耳邊傳來了她充滿幸福的聲音。

我苦笑，「這……這一時間哪裏想得起來？過幾天吧，等我去翻翻書再說。」

「不，我要你現在就想，今天晚上我就想和他說話。」她說。

「這……」我頓時為難起來，隨即靈機一動，「我看這樣，就叫馮陳，或者馮陳陳，把我們兩個人的姓加在一起就行了。」

「不行，這是女孩子的名字，我覺得是兒子。」她說。

「兒子就叫馮陳，女兒的話取名馮陳陳，多好。」我說。

「不行。」她說，「我究竟姓什麼都還不知道呢。」

我很詫異，「你不是叫陳圓嗎？難道你的名字是孤兒院裏的人隨便給你取的？」

「是他們按照先後順序排的，按照百家姓排的，第一個接收的孩子姓趙，第二個姓錢，以此往下面排。」她說，「因為我是女孩，所以就取了個圓字。這個倒是隨便取的。」

我的心裏再次升起一股憐惜之情，輕輕地攏了攏她的肩膀，「陳圓，你很想找到你的父母，是不是？」

「嗯。」她說，「可是，我去哪裏找他們啊？有時候我就想，他們還在不在這個世界上都很難說呢。」

我沒想到她會這樣想，「一定在的。」猛然地，我想起一個人來，「或許我有辦法替你找到。」

她猛然地從我肩上離開，瞪大著雙眼看著我，「真的？」

我點頭，「我會盡力想辦法替你找到。」

她看著我，看著我好一會兒，「哥，我相信你。」

不知道是怎麼的，就在這一刻我的眼裏有了淚花。

晚上我睡在莊晴給我安排的那個房間裏面。我洗完澡，去到房間的時候看見陳圓在那裏看著我，我發現她欲言又止的樣子，「怎麼啦？」

「哥，我想和你一起睡。可以嗎？我想和你一起給孩子說說話。我要讓他知道，他的爸爸媽媽都在他身邊。好嗎？」她問我道，聲音很細小。

我心裏的柔情早已湧起，我朝她走了過去，輕輕地將她擁抱，「走吧，我們一起去給孩子說說話。」

她的腹部白皙如雪，她在住院期間我每天要給她換藥，但是從來沒有過其他的想法。現在，我才發現她的腹部竟然是如此的漂亮。我輕輕地撫摸著她的下腹，那是她子宮的地方，我們的孩子正在那裏面孕育。我輕撫她腹部的手有些顫抖。

「說話啊。」她對我說。

我苦笑，「我發現自己好緊張。」

她輕輕地笑，「你緊張什麼啊？他可是我們的孩子呢。」

我說：「我沒有當過父親，忽然有了孩子，心裏肯定緊張啊。」

「是高興吧？」她說，來依偎在我的懷裏，「哥，給我們的孩子說說話。這樣，你先聽我給他說。」

隨即我的耳邊就響起了她柔和的聲音，「寶寶，我是你媽媽，你爸爸也在呢。你爸爸叫馮笑，他是醫生，很好的 個醫生哦。你在我肚子裏面要乖乖的，好好長，長得和你爸爸一樣帥啊。媽媽會多吃一些好吃的東西然後來餵你。你告訴我，你喜歡吃什麼呢？水果還是雞肉？水果糖你喜歡嗎？你喜歡的話我讓你爸爸去買回來我們吃。他很喜歡你的你知道嗎？你可不要生病，不然的話，你爸爸會給你打針的，聽到沒有？」

她說完了後便開始笑，「哥，我說得好不好？」

「好，說得太好了。」我說，心裏暖融融的。我發現自己的聲音有些哽咽。

「該你說了。」她說。

我又開始緊張起來，「我……」我繼續輕柔地撫摸著她的下腹說，「乖兒子，爸爸給你說啊，你可要聽你媽媽的話，在裏面好好的。不到時間千萬不要出來，也不要賴在裏面不出來哦。不然的話，到時候我打你的屁股。」

陳圓大笑，「哥，你說什麼呢。怎麼動不動就打孩子啊？」

「就是，你說什麼呢？怎麼這樣對孩子說話啊？」這時候，我忽然聽到門外傳來了一個聲音，莊晴的聲音。

門，被她打開了，她站在門口處對著我們在笑。

斯為民沒有來找我，上官琴卻來了。

我剛從手術室出來，回到病房正準備寫手術記錄的時候，她就來到了醫生辦公室。「馮醫生，在忙啊？」她笑眯眯地問我道。

她這是廢話，但廢話有時候往往很有用，它可以被作為問候語，還可以被當成是用於溝通的必不可少的前奏。我朝她笑了笑，請她坐下，「剛做完手術。」

「你們當醫生的挺辛苦的。」她接下來又是一句廢話。

我笑，「是啊，命苦。」

「施姐準備出院了，我特地來接她。」她說。我點頭，出院通知是我親自下達的，我當然知道這件事情了，「林總還沒回來？」

她點頭，「估計就這幾天吧。馮醫生，施姐說今天晚上想請你吃頓飯，你有空嗎？」

我說：「不用了吧？她剛剛出院，需要繼續休息。」

「施姐希望你能夠去。她說她得好好感謝你對她的照顧。這也是林總的意思。」她說。

我不好再推辭了，「好吧，謝謝你們，你們太客氣了。」

「施姐說想見一下小陳。上次林總不是給你講過嗎？關於小陳到孤兒院工作的事情。現在孤兒院已經籌辦得差不多了，施姐想見見她。施姐對我說，今後那地方想交給小陳管理呢，你看可以嗎？」她又說道。

我搖頭，「對不起，她已經另有安排了。這件事情是我忘記告訴你們，很抱歉。」

「這樣啊，太遺憾了。」她說，「這樣吧，還是請她一起來吃飯吧。雖然不去我們那裏上班了，交個朋友總可以吧？」

「這……」我想到陳圓已經有了身孕，出去吃飯不大好。

「就這樣說定了啊。我馬上去給施姐說。」她卻隨即站了起來，「下午下班的時候我來接你們。馮醫生，謝謝你，謝謝你讓我完成了任務。」

「你等等，我想和你說說那天我們談的事情，一會兒我們找個地方。」我急忙地道。

「晚上一起談吧，那事情不大。」她說。

「不大？可能很大哦。」我說。

「那好吧，我先把施姐送回去了再說，一會兒我給你電話。」她朝我笑道，點了點頭後轉身離去。

「馮笑，你人脈關係不錯嘛。」剛才蘇華一直在辦公室裏，不過我不想理她，因為試管嬰兒專案的事情。我覺得她不該瞞著我，更讓我感到生氣的是，她竟然看著我去找章院長，卻不給我透露一點點資訊。現在，她竟然這樣來問我，我心裏更不高興了。要知道，我與林易之間發展成現在的關係，說到底還是因為她，可是她現在的樣子好像是在譏諷我似的。

不過我不好直接對她生氣，只是淡淡地笑了笑。她畢竟是我學姐，我不想把我們之間的關係搞得太僵。她雖然做得不對，但是我不能睚眥必報。我是男人，這樣的氣量必須要有。

「學弟，對不起啊。那件事情不是我不想給你講，而是領導不讓我講。我也沒辦法啊，秋主任都不知道呢，你說我怎麼敢講出來？」她走到了我跟前，低聲地對我說道。

我忽然想起那次胡雪靜到科室來檢查的那天晚上，蘇華表現出了讓人難以理解的興奮，「這件事情你已經知道很久了吧？」我問道，聲音有些冷。

「對不起。」她還是這句話。

我忽然想起了一件事情——是誰告訴她的？難道她與某位醫院領導有著不一般的關係？對了，好像她讓我去對莊晴講這件事情的時間，還在胡雪靜到醫院來檢查之後啊？不，是之前吧？我發現自己記不得了。如果是之前，那就沒什麼奇怪的了，如果是之後呢？這裏面的問題就可能不像我想像的那樣了。

我懶得去想了，「學姐，沒什麼，只怪我太老實了。現在你好了，可以去新的科室上班了，我卻不行啊，還得繼續在這地方待下去。不過沒什麼，既然選擇了這個專業，就好好幹下去吧，反正都差不多。」

「學弟，對不起。」她說，「其實我也是沒辦法，你知道的，我這個人有時候做事情太馬虎，在科室裏已經出了幾件事情了，如果繼續待下去的話，職稱的問題根本就不可能解決。所以我也是萬不得已才想到換一個地方的啊。我是學婦產科專業，只好去那裏，我沒有其他的選擇。所以學弟啊，你千萬不要怪罪我。」

她這樣一說，我心裏頓時好受了些，同時對她也有些理解了，於是笑道：「沒事，誰讓你是我學姐呢？恭喜你啊。」

「你不生氣就好了。學弟，你是男的，又很敬業，今後你的前途會比我好。我完全相信這一點。你想過沒有，如果我們都在一個科室的話，今後難免會因為工作上的事情發生一些矛盾的，這可不是我願意看到的。導師也說了，最好我們不要在一個科室，如果你不相信的話可以去問他。」

「我怎麼會不相信呢？」我急忙地道。她抬出了導師來，我不敢不信。而且我彷彿也明白了，這件事情很可能是導師安排的。

她看著我笑，「學弟，你太好了。嘻嘻！我真想親你一下。」

我一陣惡寒，「學姐，別開這樣的玩笑。」

「你老婆的事情怎麼樣了？」她忽然問道。

我心情本來好好的，但是被她這樣一問，就忽然變得煩躁起來，「不知道，你別問了，我不想說這件事情。」

她看了我一眼，歎息著離開。

第五章

緣分

「哥……」她叫了我一聲。我看著她，「怎麼啦？」
「我覺得我看著她很親切。」她說。
我道，「人家送你東西，你當然會覺得她很親切啦。」
「不是的，我覺得好像見過她一樣，好像是在夢裏。」
我很驚訝，「難道這個世界上真的有緣分這個東西？」

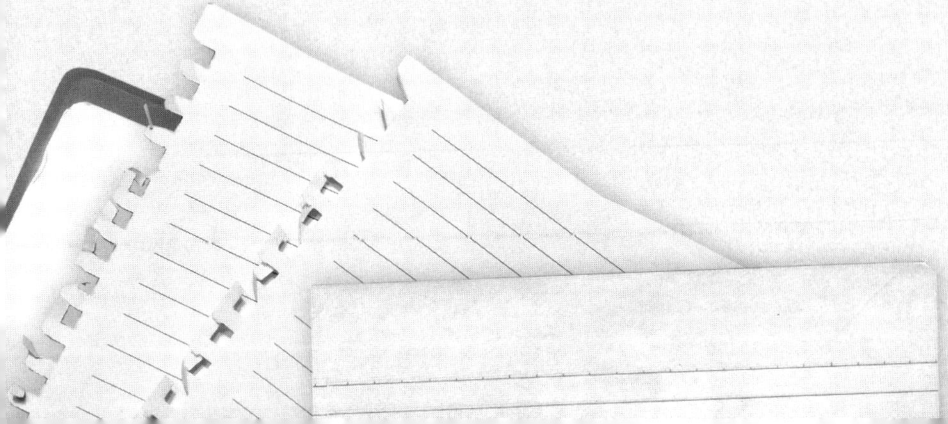

中午的時候，上官琴給我打來了電話，她告訴我說事情還是晚上一起談，因為施燕妮想聽聽具體的情況。「對了，你一定要把小陳叫來啊，施姐說想再勸勸她呢。」

我忽然想起一件事情來，「上官，你們以前在私下瞭解過我是吧？也因此瞭解了我與陳圓的關係是不是？以前的事情我不想多說了，不過我希望你們今後不要再這樣做了，我很反感。明白嗎？」

「對不起，馮醫生。這件事情是我不對。不過當時我們也只能這樣。你想，施姐的事情出來後，林總要決定不計較你們那位蘇醫生，他總得給自己一個理由吧？他是生意人，任何事情都得考慮是否划算是不是？他吩咐我去調查你，我也不得不去啊。今後不會了，你放心好了。何況，我調查的結果證明了一點，那就是你是一位好醫生。呵呵！馮醫生，馮大哥，你就原諒我這一次吧。」她說，聲音嬌媚。

我哭笑不得，「這樣吧，你說地方，到時候我自己來。」

「那怎麼行？」她說。

「怎麼不行呢？你們別那樣，太客氣了我反倒彆扭。還有，陳圓來吃飯可以，不過工作的事情就不要說了吧。」我說。

「你究竟給她安排了一份什麼工作？又是去酒店彈琴？」她問道，「這樣的工作不會長久的啊？她現在年輕倒是可以，年齡大了可不大合適了。你說是不是？」
「不是，反正是一份正式的、不錯的工作。具體的我不想多說。」我回答道。
「那倒是不錯。不過，我覺得一個人的工作最重要的是要適合他本人。林總說了，如果小陳願意去孤兒院上班的話，他願意給她二十萬的年薪。馮大哥，你考慮、考慮。這樣的待遇畢竟很不錯，工作性質也很單純，現在這個社會太複雜了，有些工作不一定適合她。你說是嗎？」她說道。
我心裏猛然地一動：是啊，她說的好像很有道理呢。而且，二十萬的年薪，這也太誘人了。「這樣吧，我還是問問她本人再說。」
她在電話裏面笑，「好，就這樣。」
接下來我即刻給陳圓打電話。
「哥，我不想去吃飯，我不喜歡那樣的應酬。」她說。
「你現在需要更多的休息，你自己做飯很辛苦的。而且，他們的提議我倒是覺得不錯，晚上一起吃飯的時候，你可以詳細問問他們的情況，然後再做出決定。常姐讓你下周去她們單位，正好在這之前你可以再選擇一下。」我說。
「……好吧。」她終於答應了。
我沒有把今天吃飯的事情告訴莊晴，因為她正好是今天晚上的夜班。現在，我發覺我和她在一個科室上班還真的很麻煩，很多事情都瞞不過她。

下班的時候，上官琴還是開車來接我了。上車後我只好吩咐她和我一起去接陳圓。

晚上吃飯的地方被安排在一家五星級酒店，但有一件事情我沒有想到——施燕妮一見到陳圓的時候竟然呆住了，「小陳，我好像在什麼地方見過你一樣。」

我詫異地看著她。陳圓也是，不過她隨即搖了搖頭。

施燕妮也笑了，「我以前當然沒見過你，很可能是在夢裏吧。太漂亮了，像畫裏面的人一樣。太好了，看來我們有緣分呢。」

上官琴笑著說：「施姐，我還是第一次見你這樣呢。看來你和小陳真的有緣。」

「是啊。」施燕妮說，隨即在她自己的身上摸索，但是卻一無所獲，她隨即燦然一笑，從頸子上取下一根亮晶晶的項鏈，「小陳，我今天沒帶東西，我真的很喜歡你，這根項鏈就當我給你的見面禮吧，你一定要收下。」

陳圓來看我。我發現那根項鏈上掛著一個墜子，墜子上有一顆璀璨的鑽石，頓時知道這東西價值不菲，於是急忙地道：「這東西太貴重了，不行。」

施燕妮瞪著我道：「什麼不行？我喜歡小陳，送她一個小小的禮物還不行？馮醫生，你這是看不起我。」

「馮大哥，這是林總從香港的一次拍賣會上買回來的東西，是他送給施姐結婚二十年的禮物呢。看來施姐是真的喜歡小陳，東西雖然貴重了些，但是這份情誼就不可估量了。你說是不是？這人啊有時候就是這麼奇怪，兩個人一見面就會有一見如故的感覺，就好像前世是好朋友一樣，這樣的感覺我也有過呢。」上官琴在旁邊說道。

現在，我完全明白了一點：施燕妮今天這樣做的目的，其實還是為了籠絡我，與林易準備高薪聘請陳圓去他新辦的孤兒院上班的道理一樣。當然，他們的最終目的還是在常育那裏，這一點我非常清楚。不過，她們已經把話說到這個程度了，我覺得再拒絕就不大好了。很明顯，她們知道我和陳圓的關係。

「陳圓，謝謝施總吧。」我對陳圓說。

「謝謝。」陳圓低聲地道，聲音很細小。

「太好了！來，小陳，我給你戴上。」施燕妮頓時高興了起來。

陳圓的臉都紅了，她忸怩著讓施燕妮給她戴上了那條項鏈。

「可惜是冬天，不然的話，你穿裙子再戴上這條項鏈就非常漂亮了。」施燕妮給陳圓戴上項鏈後，坐回到位置上笑著說道。

「小陳本來就很漂亮，再加上這條項鏈的話就更漂亮了。哎，本來我還覺得自己很年輕的，現在看來自己還真是老了。」上官琴笑著說。

施燕妮笑著指了指上官琴，「小丫頭，我還在這裏呢。說老的話，你可沒資格。」

「施姐，你這年紀還像你這麼年輕的女人可沒有。你看上去和我差不多大。是吧，馮大哥？」上官琴笑著問我道。

我當然不會說出煞風景的話來，於是點頭道：「是這樣。」

不過說實話，施燕妮雖然已經四十多歲的年齡了，不過看上去確實很年輕。她是我的病人，我當然知道她的實際年齡。她的年輕在於她特有的高貴典雅的氣質。

「好啦，你們幾個年輕人，故意讓我高興呢。來，我們開始吃東西。我不能喝酒，上官，你陪馮醫生和小陳喝點。」施燕妮笑道。

「我不喝酒。」陳圓說。

「喝點吧，我是才動了手術，不然的話我也就可以陪你了。」施燕妮勸她說。

陳圓的臉緋紅，我也不好解釋。「她不能喝酒，一喝就醉。」我只好這樣說。

上官看著我，似笑非笑的樣子，「馮大哥，不會……。」

我急忙地道：「我喝，上官，來，我陪你喝。」

她大笑。

其實我們也沒有喝多少酒。畢竟這樣的氣氛不適合喝。在吃飯的過程中，我將那天常育的想法對她們講了，同時也問了上官：「你當初是不是有那樣的想法？」

上官驚訝地看著我，「想不到常廳長如此厲害，我的那點小聰明完全被她給看透了。不過，我也想過，即使那樣不行的話，我們也會盡力幫助你們的。很小個事情嘛。施姐在本省的姐妹很多，都是有錢人。我們花費幾千萬從你們手上買一些會員卡，然後把它們推銷出去就是，這不會有多大的問題，我們操作起來不難。」

「是的，這樣的事情可能你們覺得不好辦，因為你們畢竟不是生意場上的人。我們就不一樣了，畢竟圈子不同。」施燕妮也說道。

我沒想到讓我們感到頭痛的那個問題，竟然在她們眼裏是如此的簡單，頓時高興起來。

「不過，能夠開發就最好了。畢竟那塊地是黃金地段，商業價值極高。」施燕妮接著說，「那樣的地方單純搞一個休閒中心的話就太可惜了。你們現在的這個想法不錯，我覺得完全可行。馮醫生，你還當什麼醫生啊？那多辛苦？不如到我們公司來任副總得了，年薪一百萬沒問題的。」

我急忙搖頭，「我可不願意放棄自己的專業，錢這東西多了也沒什麼意思，夠用就行。我是學醫的，每次我看見病人從我手上康復出院的時候，心裏的那種感覺真是很愉快。所以，我覺得自己適合當醫生。我覺得，一個人掙多少錢並不重要，重要的是，他為這個社會做了些什麼有意義的事情。」

「哎！馮醫生這境界，我真是佩服啊。」施燕妮感歎道。

我有些不大好意思起來，「我哪裏有什麼境界啊？完全是不求進步。我這人就這樣，沒有什麼遠大的理想。」

「你這理想還不遠大？差點就趕上史懷哲了。」上官笑著說。

「馮醫生，我家林易馬上就要回來了，麻煩你替他約一下常廳長吧，爭取早點把這個專案拿下來。現在的土地越來越緊張了，免得夜長夢多。」施燕妮隨即說道。

我點頭，「行，我儘快聯繫。」

施燕妮笑著說：「其實我倒覺得你剛才說得對，你當一個好醫生，然後通過合理合法的手段掙錢，自己的理想也實現了，又不擔心經濟上的問題，這樣更好。」

我覺得她的這句話倒是說到我心坎裏去了，「是啊，沒有什麼事比自己喜歡更重要。我發現很多人雖然在事業上很成功，但他們幹的未必是他們喜歡幹的事。」

「這話說得太好了，可惜能夠像你這麼明白的人不多。」施燕妮再次感歎。

飯局結束的時候上官去結賬，施燕妮拉著陳圓的手說了半天的話。我發現，她好像是真的喜歡陳圓，因為我從她的眼神裏看到了一種叫慈祥的東西。

「哥，你怎麼認識她們的啊？她們好像很有錢的樣子。」回去後，陳圓奇怪地問我道。

「她是我的一位病人，她先生是我們江南省的大老闆。」我說，「她好像真的很喜歡你呢。對了，她送你的這條項鏈很值錢的。」

「很值錢是什麼意思？」她問。

我搖頭，「我也不知道，但是我估計至少得值十萬塊以上吧。」

她嚇了一跳，「這麼貴重啊？我可不敢戴了。」

「人家真心送給你的，你就好好戴著就是，反正她找我有事情。」我說。

「哥……」她忽然叫了我一聲。我看著她，「怎麼啦？」

「我覺得好奇怪，我覺得我看著她很親切。」她說。

我頓時笑了起來，「人家送你東西，你當然會覺得她很親切啦。」

她搖頭，「不是的，我也覺得好像在什麼地方見過她一樣，好像是在夢裏。」

我很是驚訝，「難道這個世界上真的有緣分這個東西？」

「是啊，我也覺得呢。比如我和你，我醒來的時候就覺得你好熟悉。」她說。

我：「陳圓，不是那樣的……」

她即刻打斷了我的話，「哥，你別和我說什麼潛意識，我不相信那東西，我只相信我自己的感覺。真的，我就是覺得我們應該是前世的情人，所以，我喜歡和你在一起，願意給你生孩子。」

我很感動，禁不住去緊緊將她擁抱。

幾天後林易回來了，常育那裏我早已經與她聯繫過了，她答應了與林易見面的請求。

我沒有參加他們之間的談話，一是我不懂，二是我要上班。

不過，我聯繫了宋梅，因為我想請他幫我一個忙。陳圓的那件事情。

「斯為民找過你沒有？」一見面他就問我。

我搖頭，「沒有，連電話都沒有一個。」

他詫異地看著我，「奇怪啊，最近民政廳才作出決定，準備對那個專案重新進行論證。以前的所有合作協議都暫時放下來。而且，還從側面敲打了一下朱廳長。在這樣的情況下，他斯為民不會坐等專案丟失啊？」

「也許他不好意思來找我吧，畢竟他幹過過河拆橋的事情。」我說。

他點頭，「這倒是，不管他了。馮大哥，今天你找我來有什麼事情？」

於是我把陳圓的事情給他講了一遍。

他點頭，「馮大哥，我早就估計你會為這件事來找我的，所以我早就對這件事情進行了調查。不過，我發現這件事很麻煩，一是要去陳圓以前所在的那家孤兒院去尋找相關的資料，二是要認真調查那塊玉。這兩項工作都很花費時間和精力，我前些日子實在沒時間去做那樣的調查。」

我點頭，「宋梅，你看這樣行不行？調查工作你可以讓其他人去做，關鍵的是你要對這件事情作出推理和判斷。」

「對呀，這倒是一個不錯的主意。」他猛地一拍大腿道，「我怎麼沒想到這一點呢？」

我笑道：「你太聰明了，所以往往容易在小事情上犯糊塗。」

「馮大哥，你可說到點子上面去了。我這人就這樣，大事不糊塗，小事情糊塗。哎！想改都改不過來。我倒是請錢隊長幫了個忙，讓他幫我從戶籍上瞭解了一些陳圓的情況。可是，她的資料太簡單了，根本就找不到有用的東西。」他歎息著說。

我點頭，「是啊，她的經歷本身就簡單，不可能有多少有用的東西的。正因為很困難，所以我才找你嘛。不過話又說回來了，沒有技術含量的事情，我會來麻煩你嗎？」

他大笑，「馮大哥，你真會表揚人。就衝你這句話，我都應該想辦法把這件事情調查清楚。不過馮大哥，有句話我可得先說在前面。陳圓這件事情的難度係數可是九點九，我可不敢完全保證會有你滿意的結果。」

我再次點頭，「我理解，其實這也是一個人的命，當初她父母遺棄了她，我估計也是一種迫不得已。現在如果能夠找回她的親情，這本身也是一種緣分上的東西，盡力吧。」

「馮大哥，你說得太好了。」他歎息著說。

兩天後。

我和莊晴剛剛走出醫院的大門，就聽到有人在叫我，「馮醫生，巧啊。」

我朝那個聲音看去，發現一輛白色的轎車上正探出一張美麗的臉龐，她在朝著我們笑。是孫露露。

「你好。」我朝她笑了笑，不想再理她。

「我送你們，可以嗎？」她問道。

「不用了，我們還有事情。」我說。

「馮大哥，這個面子都不給啊？」她卻即刻從車上下來了。

「馮笑，這個女人纏上你了。」莊晴在我旁邊悄聲地對我說道。莊晴見過她，當然認識她了。

「別胡說。」我急忙地道。

「這肯定不是什麼巧遇。」莊晴說，「你答應她，看看她究竟想幹什麼。」

我忽然想起宋梅對我說過的話來。「好吧，謝謝你了。」

隨即，我和莊晴坐到了轎車的後面。

「一起吃頓飯怎麼樣？」孫露露一邊開車一邊問我道。

我笑著說：「我很懷疑今天是巧遇。」

「哈哈！」她大笑，「馮大哥真是爽快人。我可是專程來接你去吃飯的。本想給你打電話，但是我害怕你不理我。」

「是斯總讓你來的吧？」我問道。

「回答正確，加十分。」她再次大笑。

「我今天晚上有事情，我就不去了。」莊晴忽然地說道。

「一起去吧。」孫露露說，語氣卻並不是十分的熱情。

「我真的還有事情。我家裏有人需要我照顧，麻煩你在前面停下車，我自己去搭車就是了。」莊晴說。

「馮大哥，你怎麼說？」孫露露問我道。

我想了想，覺得莊晴肯定有她的考慮，而且陳圓也確實需要她的照顧，於是點頭道：「行，我一個人去就是。」

莊晴下了車。

「是去維多利亞大酒店吧？」我問道。

「不是，那地方是斯總老婆的地盤，我們可不敢去。」她說，「馮大哥，你別擔心，我不會吃了你的。」

她說完後「吃吃」地笑。我心裏感覺很不舒服：這個女人白長了一副純潔的面孔，她骨子裏太妖媚了。

她把車開到了一處我熟悉的地方。江南坊那裏的江南春色。那天我和上官琴來吃飯的地方。

「這裏你來過吧？」她問我道。

「來過，這地方不錯。」我說，心裏對有件事情很奇怪，「孫露露，你怎麼知道今天我就一定會上你的車？就一定會跟你來這裏？」

「反正斯總給我下的死命令，要我無論如何都要把你請到這裏來，如果你不來的話，我就跟著你回家。」她笑著說。

「這次他又給了你多少錢？」我冷冷地問道。

「好幾萬呢，馮大哥，你可真是我的財神爺啊。」她卻似乎並沒有感覺到我的譏諷之意，笑吟吟地對我說道。

對這樣臉皮厚的女人，我無話可說，「恭喜你又發財了。」

「馮大哥，所以我得感謝你啊。」她說，過來挽住了我的胳膊，我掙扎了一下，卻沒有掙扎掉她放在我胳膊裏的手。她緊緊地將我挽著，嘴唇在我耳邊低聲地說道：「馮大哥，你要我怎麼感謝你都行的，你放心，我不會讓斯總知道的。」

我站住了，「孫露露，看你這麼漂亮、純潔的樣子，怎麼如此不知羞恥啊？」

我這個人從來不罵人，對女性從來都是很尊重的，但是現在我實在忍不住地對她說出了這樣一句話來。我覺得她真的很不知廉恥，其說話與行為與那些三陪小姐差不多。

她卻竟然沒有生氣，「馮大哥，你別這樣嘛。人嘛，活在這個世界上就是為了好玩，男人和女人之間除了那些事情，還有什麼？馮大哥，你活得也太累了吧？」

我完全沒有想到她不會生氣，而且說出的話反而更輕佻。這一刻，我忽然有了一種奇異的感覺，我好像明白了這個孫露露是什麼人了。「沈丹梅是不是也在？」我忽然地問了她一句。

「是啊，今天就我們四個人。」她回答。

這下，我完全明白了。

我記得沈丹梅來找我看病的時候，是因為懷孕要做流產手術，但是我卻發現了她患有性病，是尖銳濕疣。我還記得，她離開的時候對我說，下次還要來找我看病。對於一般的女性來講，這樣的情況很少見。我畢竟是男醫生，一般情況下女人在我面前不應該那樣輕佻。後來，斯為民帶著沈丹梅和孫露露來請我喝酒，當他發現沈丹梅和我認識後，卻在下一次安排的是孫露露來找我。很明顯，他從沈丹梅那裏知道了那次她來看病的事情，由此猜測我不會喜歡沈丹梅那樣的女人。因為我是醫生，而沈丹梅患的卻是性病。沒有哪個醫生會在明明知道對方患有性病的情況下，還會對那樣的女人感興趣的。即使不是醫生也不會感興趣。

男人對性病有著天生的恐懼，正因為如此，他才在後來安排了孫露露來找我。

剛才，這個孫露露對我那樣的譏諷都沒有當一回事，我再聯繫起沈丹梅的事情，頓時明白了：這兩個女人絕不會是斯為民所謂的員工。她們應該是三陪小姐，只不過，她們是屬於那種比較高級的三陪小姐罷了，因為她們長得都太漂亮了。

肯定是這樣，這個斯為民肯定是花了大價錢從某個高級場所請來的。唯有那樣的女人才會如此的不知廉恥，如此的可以容忍一個男人對她們這樣的侮辱。

想到這裏，我不禁在心裏冷笑：斯為民，你也太小看我了。

不過，現在我反倒有了一種好奇，我很想看看今天斯為民究竟想要幹什麼。

第六章

男性的尊嚴

尊嚴究竟是什麼？
我對它的理解很簡單，那就是被人尊重。
即使一個喜歡淡薄生活的人也需要這樣的東西，
對它的需求存在於骨髓裏面，那是一種需要被認可的期盼。
而我的這種需要只有常育才能夠滿足我。
這一點我非常的明白。

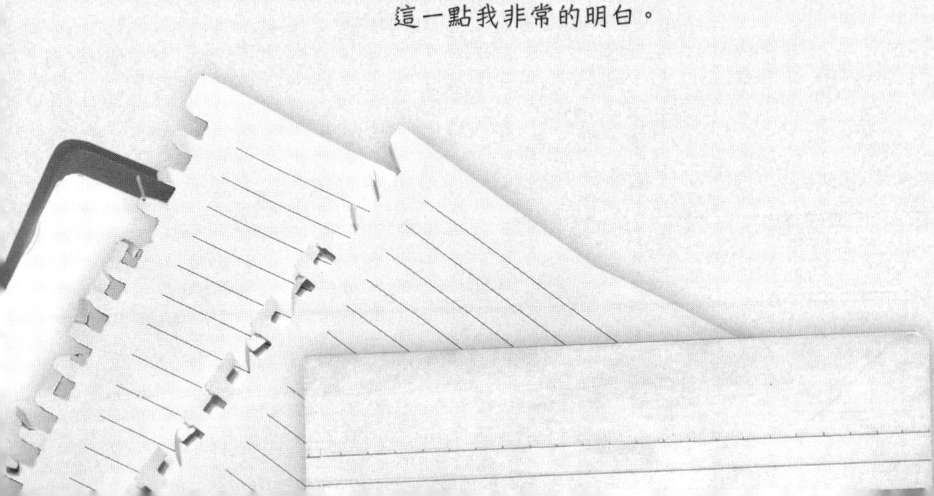

斯為民看到我的時候倒是很穩重，他朝我伸出手來，「馮老弟，你可是越來越精神了啊？」

我朝他微微一笑，「斯總風采依舊啊。我還以為我們不會再見面了呢。斯總，最近發大財了吧？你看上去可是神采奕奕的啊。」

「哈哈！」他大笑，「想不到我們馮老弟不但是一位出色的醫生，而且還會看相呢。佩服！」

我假裝愕然地看著他，「哦？看來我說對了啊？斯總，說說，最近究竟發了什麼財啊？」

「我最近從俄羅斯進口了幾十套板房，那種純木結構的，可以自行安裝的。賣得還不錯，安裝好了就是一棟別墅。」他回答。

我覺得他是在吹牛，「那得要有土地吧？不可能拿去安裝在大街上吧？」

他大笑，「那是當然，我賣給開發商，他們的別墅區裏面。馮老弟，看不出來你這個當醫生的倒還不完全是外行啊。」

「我雖然是醫生，除了醫學之外，其他的東西懂得確實不多，但是我還不至於那麼笨吧？有些事情想想就知道了。斯總，我這個人相信一點，謊言始終是謊言，也許開始的時候不會揭穿，但是時間是檢驗謊言的一把利器。還有，我這人雖然奉行與人為善的宗旨，但是很討厭別人對我的欺騙。我就是一個小醫生，追求也不多，所以有些誘惑對我沒有用處。」不知道是怎麼的，我一看見這個人，心裏的火就騰騰往上冒。本來是準備淡然、理性地對待今天晚上這件事的，但是我實在忍不住。就如同我剛剛說的那樣，我就一個小醫生，無所謂。

「馮老弟，看來你真是誤會我了啊。」他歎息。

看著他假惺惺的樣子，我心裏像吃了蒼蠅似的感到噁心，「斯總，我就是一個小醫生，誤會不誤會的沒什麼。斯總，可能你搞錯了，有些事情可能不是你想像的那樣，你認為的那些什麼專案的事情，我根本就沒有什麼作用。」

「呵呵！我們先不說這個了。來，我們喝酒。」他笑了笑，開始舉杯。

我不再說話，端起酒杯與他和那兩個女人碰了一下，然後喝下。現在，我已經發洩了一通，心裏的火氣稍微小了點。我現在有些後悔，覺得自己不該這麼不穩重。由此看來，涵養這東西可不是人人都可以具備的。

酒過三巡，斯為民對兩個女人說：「你們出去一下，我和馮老弟說點事情。」

她們朝我笑了笑，轉身出門。我看著她們離開的背影，冷冷地問他道：「斯總，你從哪家夜總會找來的這兩位小姐？」

他詫異地看著我，隨即猛然地大笑了起來。

我冷冷地道：「有什麼好笑的？斯總，你不要再告訴我說她們是你公司的。」

「當然不是，但也不是你想像的什麼夜總會的。哎！馮老弟啊，看來你對我的誤會真的很深了。」他歎息。

這下輪到我詫異了——她們不是夜總會的？那她們是幹什麼的？

現在，我對自己面前的這個人已經完全地不相信，因為我們從見面的第一次起我所遭遇到的都是欺騙。

「她們是幹什麼的我不感興趣。」於是我說道，「斯總，你想過沒有？我可是婦產科醫生，美人計對我沒多大的用處。說吧，你今天找我究竟什麼事情？」

「別著急，我覺得有些事還是得我先給你解釋清楚。不然的話我們沒法往下面談。」他說道，「首先我要說的是，孫露露和沈丹梅並不是什麼夜總會的小姐，她們是我們省京劇院的演員。當然，我請她們來是給了報酬的，而且給的報酬還不低。是，你是婦產科醫生，但是我想你是男人啊？是男人都會喜歡漂亮女人的，而且她們的氣質還不錯。」

「我說了，你這樣的方式對我沒有用處，而且我最反感別人欺騙我，我們第一次見面都是在欺騙中開始的，你說是不是這樣？你不要說不是。」我冷冷地道。

「哎！這都得怪我那老婆，她告訴我說你身邊的女人都是漂亮的小姑娘，於是我才想到了這個辦法。」他歎息道。

我心裏一陣膩味，「我說過，我只是一個小醫生，你沒有必要這樣討好我。即使我和你請來的這兩個女人發生了什麼，也對你沒有任何的幫助，我沒有能力替你辦任何的事情。斯總，我不知道你的生意是怎麼做起來的，一個靠欺騙別人的方式去謀取專案的人，我很不理解你為什麼可以做到那麼大。對不起，我得走了，謝謝你的晚餐。」

說完後我就站了起來。

「馮老弟，你先坐下。你聽我慢慢說完好不好？我說了，我們之間存在很多誤會，你聽我先解釋解釋再說嘛。來，你請坐。」他急忙地道。

我沒有坐下，冷冷地看著他，「你覺得我們還有談下去的必要嗎？你一直欺騙我，先是挑撥我與宋梅的關係，然後弄兩個女人假冒你公司的員工在拉攏我。我知道，你的一切目的都是為了那個專案。實話告訴你吧，這個專案我說不上任何的話，宋梅那裏我也沒有替他說什麼。所以，你這是白費心思。」

「據我所知，宋梅好像給了你和常廳長一大筆的錢。是不是這樣？」他忽然問我道。

我猛然地一驚，心裏頓時警覺起來，「斯總，你不要把所有的人想得那麼的不堪。不管是常廳長還是我，都對這些東西不感興趣。倒是我好像聽說過你和朱廳長以前的關係挺不錯的，我還聽說你賄賂了他。是不是這樣？朱廳長是民政廳的老大，你和他關係不錯就可以了啊？還要怎麼的？」

我故意不知道朱廳長被調離的事情。

「我有充分的證據，證明宋梅賄賂了你和常廳長。馮老弟，我們是朋友了不是？這樣的事情你知我知就行了，我是不會拿出去隨便講的。你放心好了。是，我以前是欺騙了你，這是我做得不對的地方。不過我的心是好的啊？善意的謊言，對，就是善意的謊言。我還不是想和你搞好關係不是？有件事情我老婆沒做好，她應該把小陳請回去的，但是她擔心啊，她擔心你罵她，她這個人就是這樣，臉皮比那啥都薄。

「呵呵！我們不談這件事情了，我相信，以你的能力重新給小陳找一份更好的工作只是一件小事情。這件事情我還狠狠批評了我老婆的，她現在也知道自己做得不對了。好啦，我們不說這件事情了，今天我想給你談的是，我想請你幫我約一下常廳長，我想和她單獨見一次面。我去找過她幾次，可是她根本就不接待我。馮老弟，只要你答應幫我這個忙的話，我一定會好好感謝你的。」他急忙地道。

「斯總，這恐怕不行。我說過，常廳長只是我的病人罷了。我從來不和她談及工作方面的問題。」我搖頭道，覺得這個人要有多可惡就有多可惡。

「你真的不知道那個專案的情況？」他卻忽然地問我道。

「我不知道，也不想知道。我是醫生，這件事情和我沒任何的關係。」我淡淡地道，「好啦斯總，今天就這樣吧，你不該找我的。我只能說是你找錯人了。」

「這個專案目前還在我手上，只不過我擔心……算了，我也不多說了。馮老弟，這個你拿上，我沒有別的什麼意思，只是想為以前的事情向你道歉。」他說著便從身上摸出一張銀行卡出來遞給我。

我頓時笑了起來，「斯總，看來你總是喜歡用最簡單的辦法去處理事情啊，對不起，我的收入夠我花的了，這種不明不白的錢我不會要的。」

「最簡單的辦法也是最有效的。」他說，「行，你現在不要的話，我先替你放在我這裏。我的專案，朱廳長在的時候已經與民政廳簽約，是正式合同，不是像宋梅那樣的意向性協議。我不相信常廳長會做出違約的事情來。不過我這個人怕麻煩，不想在這個期間出現任何的變動。馮老弟啊，你裝出不知道朱廳長已經調離的樣子，我可不會相信，不過沒關係，我有正式合同在手，即使打官司我也不怕。」

我心裏不以為然：你賄賂朱廳長，如果朱出了問題的話，你的那個合同一樣是廢紙。不過我沒有說出來，只是笑了笑，「那倒是，祝你好運。」

「其實我很願意與宋梅合作，一起共同開發這個專案的。」這時候他忽然地又說了一句。

我一怔，隨即道：「那你可以去和宋梅談，這件事依然和我沒有任何關係。」

「是啊。我是要去和他談談的。」他說，隨即看著我笑道：「馮老弟，今天你能夠來，我很高興。這樣吧，現在時間還早，我們去唱歌怎麼樣？兩位美女還在外面等著呢。」

我搖頭，「算了，我上了一整天班，已經很累了，以後再說吧。」

「去吧，我沒有事情找你了，大家隨便玩玩，沒事。」他再次邀請道。

我依然搖頭，「我今天做了幾台手術，實在是太疲倦了，就這樣吧。斯總，我這個人是直性子，心裏有話就要說出來，你不要介意啊。」

「我很喜歡你這樣的性格的，這件事情是我做得不好。其實你不理解我，我呢也不好解釋。因為我知道朱廳長和常廳長在這個專案的意見上面不大一致，朱廳長呢又對常廳長有意見，還特意警告我不要和常廳長來往。你是常廳長的人，我也很顧忌啊。這不？事情搞成現在這樣了，我可是有苦都說不出來啊。馮老弟，請你諒解吧。哎！我們做生意的人說起來有錢，其實社會地位很低下，領導打招呼了又不能不聽，真是沒辦法的事情。馮老弟，我的意思你明白嗎？」

我恍然大悟，心裏對他的反感頓時減輕了許多，於是點頭道：「理解。」

「馮老弟，你放心，不到萬不得已我是不會做出過分的事情來的。哎！你不知道啊，我現在把所有的資金都放到這個專案上了。前期的選址設計什麼的都已經花費了我近千萬了。我也是騎虎難下、進退兩難了啊。馮老弟，你能夠理解我真是太感謝了。走吧，我們去唱唱歌，再喝點酒，我真的很想交你這個朋友呢。」他說。

我還是搖頭，「今天真的不行。斯總，既然你資金緊張，那就把今天準備去唱歌的錢節約下來吧。」

他大笑，「馮老弟，你真會開玩笑。那需要多少點錢啊？行，那就這樣吧。孫露露很不錯的，唱歌唱得好，人也漂亮，如果你喜歡她的話，隨時給我講一聲就是。」

我也笑，「斯總，我可不是見到女人就想去上她們的男人。我整天在婦產科裏面，早就看厭煩了。哈哈！」

「那倒是，你需要的是感情和情調。我理解，完全理解。這件事情是我太魯莽了。好吧，今天就這樣，我們以後多聯繫。」他朝我伸出手來。

在酒店的大堂裏面看見了沈丹梅和孫露露，她們都在朝著我嫵媚地笑。我只好向她們回報地一笑，嘴裏說了聲：「再見。」隨即就朝外邊走去。

「馮大哥。」忽然，我聽到身後孫露露在叫我。

我轉身，看見她正朝我跑來。

「我送你吧。」她說。

我搖頭，「不需要，我自己搭車。你忙去吧，謝謝你來接我。」

「馮醫生，你是不是很反感我？」她忽然地問道。

我搖頭，「每個人都有自己的生活方式，我無權去責怪他人。就如同我不喜歡別人來干涉我的事情一樣。」

「謝謝，你說得太好了。」她低聲地道，「馮大哥，我還是這樣叫你好不好？對不起，我以前欺騙了你，不過我真的不是你想像的那種人，如果今後我們還有機會見面、有機會進一步瞭解的話，你就知道了。」

「再見。」我對她說。本來很想問她：如果我真的要你陪我睡覺的話，你會做嗎？但是我沒有問出來。她已經在向我道歉了，我說不出那種惡毒的話來。

「再見。」她說，朝我嫣然一笑。

我離開，腦子裏面全是她剛才的笑臉。我發現，她笑起來真的好漂亮。可惜了。我在心裏歎息。

「怎麼樣？他都對你說了些什麼？」莊晴見我進屋，便急忙地過來問我道。

「沒說什麼。」我說，忽然發現今天晚上，斯為民好像還真的沒有對我說什麼事情。

「不可能吧？」她說，很詫異的樣子。

「他說想要和宋梅合作。」我說，「他應該直接去找宋梅，找我幹嘛？」

「他不敢去找他啊。他們兩個人已經鬧僵了，所以想通過你傳遞這個資訊給宋梅呢。現在他遇到了麻煩，所以想緩和一下關係。他也知道，現在再想獨佔那個專案是不現實的了。」她說。

我驚訝地看著她，我沒有想到她竟然會有如此的思維。這與我以前對她的瞭解似乎有些不大一樣了。我很奇怪：她怎麼忽然變得聰明了？

她發現了我的驚訝，頓時笑了起來，「剛才宋梅來過，他給我分析的。他說估計斯為民會提出這樣的想法，還說你可能今天會晚點回來，所以就沒有等你了。」

我去看陳圓，她朝我笑了笑，「他剛走不一會兒。」

莊晴在瞪我，我頓時發現自己又犯下了一個錯誤，急忙地道：「我馬上給他打電話。這傢伙，怎麼今天忽然想起跑到這裏來了呢？」

「我沒有給他打電話啊。」她說。

「我沒說是你給他打了電話的，我只是覺得奇怪。」我發現她又誤會了，急忙地道。

「你的意思是說……」她問我道。

「我不好說。我只是覺得這件事情有些奇怪。看來宋梅也很擔心斯為民，說不一定安排了人在注意他的行蹤。」我想了想後說道。

「他這個人就是這樣，太聰明了，自己也活得很累。看來他確實需要一個本分老實的老婆，除了關心他生活之外什麼事情也不管，這樣的老婆才適合他。否則兩個人都會很累。」她說，隨即歎息。

我深以為然，「是啊，和這樣的人生活在一起挺累的。根本就搞不懂他心裏想的是什麼。你的思維老是跟不上他，但是卻偏偏想去跟上，這樣不累才怪。」

莊晴不再說話。我發現自己有些多嘴了，急忙去到自己的那個房間打電話。

我首先是給常育打的電話。我把今天晚上的事情完完整整地告訴了她。

「你還沒有告訴宋梅是吧？」她問道。

「是，我先給你打了電話。」我說。

「你覺得斯為民究竟掌握了什麼證據沒有？」她問道。

「我覺得他是騙人的。不過也很難說。反正我這裏什麼都沒有說，但是宋梅對他說沒說過就難說了。比如，宋梅曾經可能想用這種方式去讓斯為民退出，這樣的事情也很難說的。」我想了想後說道。

「那你有什麼想法？」她問。

「我覺得現在唯一的辦法就是動一動斯為民，打草驚蛇，看看他有什麼反應。不過這個度應該把握好，萬一他手上真的有什麼東西的話可就麻煩了，先試探一下也是好的。」我說。

「這個主意不錯。馮笑，你真的進步了啊。」她在電話裏面笑。

我不大好意思起來，「我只是隨便想想，其實我也不懂的。最後的主意還得由你自己拿。」

「嗯。」她說，隨即電話裏就沒有了聲音，我估計她這是在思索。一會兒後我才聽到她在說道：「馮笑，你馬上給林老闆連繫一下，你告訴他，請他後天下午到我辦公室來一趟。」

「行。」我急忙答應。

「宋梅那裏你實話實說吧，他有什麼想法的話，你馬上告訴我。」她說，「對了，你現在在什麼地方？」

「在家。」我說。我只能這樣回答，並不是真的已經把這地方當成了自己的家，在我的潛意識裏還是不能接受同時與兩個女人一起生活的方式。

「我剛剛應酬完，你馬上過來吧。可以嗎？你到後當著我的面給宋梅打電話。」她說。

「姐，我今天有些累了。」我說，心裏極不情願聽從她的這個提議。

「你來吧，姐想讓你試試我現在那地方緊不緊。現在已經完全好了，姐心裏想你了。」她說，聲音柔媚蝕骨。

我卻一點那方面的想法都沒有，甚至內心還有些厭煩。但是，我發現自己無法拒絕。不過，我仍然希望她能夠改變主意，「姐，我今天喝酒喝多了，而且做了一下午的手術。」

「姐很難受。馮笑，姐真的想你了。」她說，「我現在除了我老師之外，就你一個男人了。我老師最近不方便，你馬上過來好嗎？」

她的語氣裏帶著一種哀求，我很無奈，只好答應。

「電話打完了？」出去的時候莊晴問我道。

我點頭，「我還有點急事，必須馬上出去，晚上我就不回來了，我回家裏去住。」

陳圓看著我，滿臉都是疑問。莊晴卻在笑著對我說：「又要出去喝酒吧？」

我點了點頭，「你們早點休息吧。特別是陳圓，你要多休息才是。」

「你晚上還是爭取回來吧，和陳圓一起給孩子說說話。」莊晴說。

「我儘量吧。」我點頭道，忽然想起一件事來，「對了莊晴，如果宋梅打電話來的話，你告訴他，我一會兒給他撥打過去。」

「剛才你沒給他打電話？」她問道。

「莊晴，有些事不是你想像的那麼簡單，我得先去落實一下具體的東西，明白嗎？」我有些不悅地對她說。

她不再說話，我覺得自己剛才的話嚴厲了一些，但是卻不可能向她道歉，所以我只是朝她微微地笑了笑，「走啦。」

陳圓正眼巴巴地看著我，我心裏有些不忍，但還是看著她笑了笑，然後離開。在我轉身的那一瞬，我好像看到陳圓臉上露出了笑容。

在電梯裏面的時候，我都還在鬱悶。現在，陳圓自從有了孩子後，好像變得更加依賴我了，但是我卻無法給她過多的時間。白天我得上班，晚上卻有很多亂七八糟的事情。比如今天晚上，這都是些什麼事啊？

對於常育，我曾經有過幾次都試圖讓自己討厭她，但是卻發現自己根本就做不到。我不知道這是為什麼。本來，像她那樣的女人，我根本就不可能喜歡上她的，可是，為什麼會出現這樣的情況？是因為她能夠給我賺錢的機會嗎？好像不是，因為我自己知道，我對金錢這東西並不十分的在乎，而且我的花費也不高。說到底，我是一個對物質享受比較淡漠的人，穿衣吃飯這類的事情總是喜歡簡單的方式。雖然喜歡汽車洋房，但是需要並不是那麼的迫切。是因為我同情她的遭遇？好像也不是，我是婦產科醫生，我遇見過各種各樣的女性，她們當中有的人遭遇比她更淒慘。對於常育來講，至少她還擁有高位，擁有許多人夢寐以求的權力。

那麼究竟是為什麼呢？直到有一天，就是林易派小李用那輛林肯車來接我的那天，我終於明白了，原來是我自己的內心深處離不開她，因為我的潛意識裏需要一種東西——尊嚴。唯有她才可以讓我感受到作為男人的尊嚴。

尊嚴究竟是什麼？我對它的理解很簡單，那就是被人尊重。作為男人，我們都需要這樣的東西，即使一個喜歡淡薄生活的人也需要這樣的東西，每個人對它的需求存在於我們的骨髓裏面，那是一種需要被認可的期盼。

是的，我需要尊嚴，而且這種需要還很強烈。就如同斯為民、宋梅對金錢的渴求一樣。而我的這種需要只有常育才能夠滿足我。這一點我非常的明白。

不過我並不願意去把這一切想得那麼透徹，因為我內心的羞恥感依然存在。我對自己採用這種方式去獲得自己所需要的尊嚴很不齒。

常育竟然給我熬了粥，還有幾樣精緻的小菜，鹹菜看上去也很不錯。我進屋的當口她就給了我一個擁抱，「你真的來了？」

我敢不來嗎？我心裏想道，嘴裏卻說：「你是我姐，你叫我的話，我能夠不來嗎？」

「看來你還是很不情願來啊，姐可沒有強迫你。」她說，輕輕將我推開，語氣很是不悅。

我急忙地道：「姐，怎麼會呢？我今天確實是太累了。晚上又被斯為民叫去喝了酒。本來我不想和他再接觸的，可是宋梅說可以借此機會知道他的想法，所以我還是去了。姐，你不知道，今天這頓飯吃得真是太累了。」

「好啦，我知道你累，也知道你喝了酒可能沒吃米飯。這不？你看我給你熬了稀飯。來，坐過來吃點，姐去給你添過來。」她笑著說，聲音溫柔極了。

我心裏頓時升起一股暖意，忽然地覺得有了一種家的感受。

以前趙夢蕾也是這樣對我好的。

她給我添來了稀飯，稀飯裏有少量玉米顆粒，黃橙橙的，看上去就很有食欲。

她看著我吃，眼裏柔柔的。我有些不好意思，「姐，你也吃點吧。」

「不，我看著你吃就行。怎麼樣？好吃嗎？」她問我道。

我笑了笑，「好吃，我還真的有些餓了。」

「還是姐對你好吧？」她又問。

「嗯。」我說，心裏真的溫暖起來。

吃完了飯後她親自去洗了碗，我在沙發處坐著看電視。她過來了，「馮笑，你不是說很累嗎？早點休息吧。」

她的話我當然明白。休息的含義在現在變得曖昧起來。「現在還早呢，我不習慣這麼早睡。」

「也是，太早了點。」她點頭說，隨即過來坐到我身旁，「來，躺在姐的腿上，姐給你按摩按摩頭部。」

「你會按摩啊？」我詫異地問。

「你累了，躺在姐身上總輕鬆些吧？姐雖然不會按摩，但是可以讓你變得輕鬆一些啊。你累了，躺一會兒吧。」她說。

我躺了下去，將自己的頭放在了她的雙腿上面，我感覺到舒服極了，枕後傳來的是她雙腿的厚實與柔軟感受。

我躺在她的雙腿上，身體的其餘部分全部在沙發上面，我的身體很放鬆，因為我覺得愜意極了。我第一次像這樣躺在女人的身上，頓時有了一種奇異的感覺，我感覺現在的自己好溫暖。她的手輕輕地摁壓著我的太陽穴，一會兒後輕撫我的臉，我的手去到了她的小腿上面，輕輕地捏弄著。她的手柔軟極了，溫暖極了，我聽到她柔聲地在問我道：「舒服嗎？」

「嗯。」我應道。

「看電視嗎？」她問，手繼續在我的臉上摩挲。

「不看……」我說，忽然感覺到想要沉睡。

「想睡了是不是？」她又問道。

「不。」我說。我發現自己有些不忍睡過去了，因為我捨不得這種溫暖的感覺。現在，她讓我感覺到舒服極了，讓我的腦子裏忽然浮現出了母親慈祥的面容，常育，她讓我忽然有了一種回到母親懷抱裏面的那種溫暖感受。「媽媽……」我情不自禁地、喃喃地呼喊了一聲。

後來，我在不知不覺中沉睡了過去。

我睡得真香甜，睡夢中的我好像去到了一處溫泉，因為我感覺到了小潭裏面水的溫暖。這裏的水真清澈啊，它碧綠得讓人心醉。我看見了自己前面不遠處的莊晴，她的身體是那麼的秀美，白皙的肌膚在陽光下熠熠生輝，她纖細而飽滿的身材讓我感到迷醉。她在朝我走來。「馮笑，要我親你嗎？」我聽到她在問我。

「要的。」我說，心裏開始蕩漾。

她真的來親吻我了，我們開始接吻，她在撫摸我的身體，她的手好柔軟。「你躺著，我來親你。」她說。「我躺在哪裏？」我問道。「就這水面上啊。會很舒服的。」她說，發出的是銀鈴般的笑聲。「這，這怎麼躺？」我很為難。「馮笑，我什麼時候騙過你啊？你躺下試試。」她說。於是我躺了下去……好奇怪，我竟然真的躺在了水面上，我的背部被溫暖的水托著，很柔軟、很舒服的感受。我情不自禁地呻吟了一聲。

她開始來親吻我的胸部，然後緩緩朝下。我的心臟發出了顫慄，頓時感覺到自己身體裏的每一個細胞都開始沸騰。她繼續地朝下，她的舌好靈動，好柔軟。我有了一種從所未有過的愉悅。

她的舌遊走到了我的胯間，她含住了我的那個部位，我猛然而猛烈地膨脹，「啊……」我情不自禁地發出了一聲歡呼。

「舒服嗎？」她在問。

我無法說出話來，只是在點頭。

「我來了，我上來了。」她說。

「嗯，我要你。」我說。

她真的來了，我的那個部位頓時被另外一種溫暖的感受所包裹。她包裹得我好緊……

波濤緩緩向我襲來，然後開始猛烈，最後變成了驚濤拍岸。我所有的感覺都被自己的那個部位吸引過去了，除了那裏的震顫般的愉悅感受之外，再也沒有了其他任何的感覺。

我忽然想要小便。

這種想要小便的感覺猛然洶湧而來，讓人難以克制與忍受，「等等，我要上廁所！」我大吼了一聲……

我醒來了，發現自己全身赤裸地躺在沙發上面，而我的身體上是同樣赤裸著的她。我，已經噴射了。

頓時明白了，剛才自己噴射的欲望被夢中的尿意替代了。

「你醒了？怎麼樣，舒服嗎？」她在問我。

「姐，你現在好緊。」我喃喃地說。

「是嗎？這不也是你的功勞嗎？姐當然要讓你享受你的手藝了。」她很高興的樣子。

我卻在心裏歎息。

昨天晚上我完全忘了給宋梅打電話的事，而常育也沒有提醒我。直到第二天早上我在去上班的路上，才忽然想起了這件事情來。

早上我很早就起床了，因為我不想讓常育周圍的住戶看見我。我離開的時候常育還在睡覺，她雖然已經醒來了，但是依然睡眼朦朧。「我要搬家了。」我聽到她在對我說。

「搬到什麼地方？」我問了她一句。可是她卻沒有回答。我過去看了她一眼，發現她竟然是睡著了的。頓時笑了起來——原來她是在說夢話呢。

時間還早，我在大街上跑步，借此機會鍛煉一下身體。當然是朝著我上班的方向。

中途的時候發現了一家早餐小店，於是停下來進去吃了點東西。從小店出來後發現時間依然很早，於是又開始跑步。

到了科室的時候我感覺自己很累，心想最近自己的身體確實退步了許多，今後得加緊鍛煉才是。去洗了把臉，給自己泡上了一杯濃茶，這才開始給宋梅打電話。現在的時間依然還早，距離上班的時間還有半小時。醫生辦公室裏面就我一個人，顯得很冷清，我把所有的燈都打開了，依然顯得很暗淡。

「這麼早啊？」他在電話的那頭笑。

「不好意思，本來應該更早一些給你打電話的，我擔心你還在休息。」我說。

「馮大哥的電話，任何時候我都會馬上接聽的。」他說，隨即問我道：「怎麼樣？昨天談得？」

「哎！說實話我根本就不想去吃他的飯的，我很彆扭。還好，我堅持過來了。是這樣，他說他想和你合作。我對他講，合作的事情只能和你談，不關我的事情。這件事情你自己看著辦吧。」我回答道。

「呵呵！他想的倒是很美。姓朱的在的時候他幹嘛不提出來與我合作呢？現在知道有問題了吧？」他笑著說。

「人家與民政廳可是簽了正式合同的，所以他有底氣嘛。」我說。

「他就是沒有底氣才來找你呢，現在他提出合作的意向，明顯就是沒底氣了嘛。」他大笑。

「宋梅，我倒是覺得合作也是可以的，免得出現一些麻煩的事情，錢是掙不完的，何必呢？」我說，這倒是我的真實想法。

「馮大哥，這你就不知道了。斯為民這個人你不瞭解啊，他從來都是過河拆橋。如果我和他合作，只要他把這個專案真正拿下來了的話，肯定會一腳把我踢開的。他的為人我還不知道？除非他同意我控股。話又說回來了，我控股的話，還需要他參與嗎？」他說。

我默然。

「常廳長是什麼意見？」他問道。

「不知道，她沒有跟我說。不過她吩咐我，讓我把昨天晚上與斯為民談話的情況全部告訴你。」我回答。

「她真的是這樣對你說的？」他問道。

「是，這是她的原話。」我說。

「看來我今天得去找一下常廳長。馮大哥，麻煩你幫我問問她今天什麼時候有空，好嗎？」他隨即對我說道。

我想了想，「好吧，我馬上給她打電話問問。」

掛斷電話後我即刻給常育撥打電話，現在她應該起床了，而且很可能正在去往單位的路上，「姐，宋梅想見你。」電話接通後我直接地說。

「我本來就安排了今天和他見面談這件事情。」她說，「你跟他說，讓他馬上到辦公室來找我。今天上午我有空。不，不要到我辦公室來，你讓他去一家咖啡廳等我。晚一點，上午十點吧。」

雖然我有些詫異她的這種忽然改變主意，但是我還是沒有仔細去想這件事情。我覺得她肯定有她自己的想法。不過，我對她說的「我本來就安排了今天和他見面談這件事情。」這句話倒是有些好奇——她本來就安排了今天與她見面？為何她昨天晚上不告訴我呢？

忽然想起宋梅剛才問我的那句話——「她真是這樣對你說的？」我頓時明白了。

宋梅是聰明人，他應該可以想到：既然常育說讓我把昨天與斯為民之間的談話內容告訴他，他肯定就會想常育究竟是什麼意思，但是現在常育的意圖卻又很不明確，所以他才急於想去與她溝通。

常育究竟對這個專案有什麼想法和安排？我不知道，難道她也希望宋梅能夠與斯為民合作？或者真的是為了打草驚蛇，試探一下斯為民？

可是，如果真的要試探斯為民的話，根本就不需要採用這樣的方式啊？

我頓時糊塗了，頭想痛了也沒有結果。不禁苦笑：你去想這些事情幹什麼？你又不懂！算了，等他們去折騰吧。

想通了這一點後心情頓時輕鬆了起來，即刻給宋梅打了電話，把常育的意思轉達給了他。接下來又給林易打了個電話，「常廳長說明天想要見你。明天下午，你安排好地方和時間，到時候我通知她。」

「好，太好了！馮老弟，我能夠認識你真是很高興啊。怎麼樣？今天晚上我們喝酒去？」他愉快的心情表露無遺。

「又要喝酒啊？」我說，其實我心裏也很高興的，也有一種想要喝酒的欲望。

「我們先去喝酒，然後找地方好好玩玩，那地方你肯定沒去過。」他笑著說。

「有什麼好玩的？」我問道。

「到時候你就知道了。哈哈！那我們晚上見。一會兒我安排好了明天的地方後我給你發簡訊。」他說。

「好。」我說，「晚上見。」

今天，我第一次感到時間過得是那麼的漫長。因為我一直在期盼下班的時間早點到來。

第七章

夜總會大染缸

夜總會裏的女人說到底就是出賣色相的。
也許某女孩正是大學生，也許她是白領，還有當老師的。
她們都有難言之隱，不得不去那裏掙錢討生活。
同時，去那裏玩的男人什麼都有，官員、企業老闆，
只要有錢的男人都可能去那樣的地方。
夜總會就是一個大染缸。

那天晚上我和林易一起喝酒。就我們兩個人。

林易安排的是一處風味酒樓，幾樣精緻的菜，一瓶茅台。我和他相對而坐。

他最開始談了他這次出國的經歷。「出去看了看，收獲不小。」他說，「學到了很多東西，特別是在管理上。」

「那是，國外的商業發達，管理方面的經驗也比我們豐富多了。」我說。

「是啊，我們很多企業喜歡採用家族式的管理方式，所以才有富不過三代這樣的說法，現在看來用人的問題最重要啊。」他感歎地道。

我忽然想起上次上官給我講的那個故事來，「林總，聽說你在公司裏面經常講那個局長吃魚的故事，這個故事裏面究竟包含了什麼含義？」

他詫異地看著我，「什麼局長吃魚的故事？」

「上官給我講的啊？說是你經常在你們公司講這個故事呢。」我說，於是把那個故事簡略地對他講了一遍。

「這個故事不錯。」他笑道，「可是，這不是我講的故事啊？我怎麼會講這樣的故事呢？我們是民營企業，絕不會去諷刺官員，也不會用這樣的故事去教育我們的下屬。」

我頓時怔住了。

「馮老弟，看來我們上官很關心你啊。」他卻看著我笑道。

我莫名其妙，「這話是什麼意思？」

他一副高深莫測的樣子，「你自己好好想想就知道了。」

我搖頭道：「我懶得想，很累的。我是醫生，懶得去想那些亂七八糟的事。」

「這怎麼會是亂七八糟的事情呢？明明是人家好心提醒你呢。不過這丫頭挺過分的，幹嘛說是我講的啊？呵呵！」他朝我舉杯說道。

我與他碰了杯，「林總，這件事情你就不要去責怪她了，是我不對，不該來問你這件事情的。」我有些擔心，擔心他會為了這件事情去批評上官琴。因為這樣一來的話，我就成了在中間挑撥的人了。

「呵呵，你也蠻關心她的嘛。」他笑道，「其實她也是杞人憂天，沒必要提醒你那些事情的。不過有一點是可以肯定的，那就是她很關心你，她不希望你在與官員接觸的過程中，犯下最低級的錯誤。」

我頓時明白了，不禁苦笑道：「說到底，她是覺得我太幼稚了。」

本以為他會替上官解釋幾句話的，但是卻想不到他竟然在點頭，「估計是這樣。不過，她這樣做就說明你給她的印象不錯。哎！年輕真好啊。如果我現在和你一樣年輕的話就好了，就可以去和很多女孩子好好交往了。呵呵！我年輕的時候整天都在為生活奔波，找老婆都很困難。哪裏像你們現在這樣啊？你們真幸福。」

我看著他笑，「林總，你現在的條件不是更好嗎？事業發達，儒雅多金，喜歡你的女孩子肯定很多的。」

他搖頭歎息，「以前是有力無心，現在可是有心無力了。家裏的老婆都搞不定，哪裏還想在外面亂來啊？我這人有個毛病，再漂亮的女人，如果她和我沒有感情的話，我根本就不感興趣。玩玩倒是可以，來真的我可不願意。現在那些年輕漂亮的女人，你以為她們真的會喜歡上我這樣的老年男人啊？還不是為了錢。那樣的女人和那些三陪女差不多，與其如此，還不如直接花錢去夜總會玩，給完錢就兩清，又不會有什麼麻煩。這樣多好？」

「那些女人很可能有病呢。我是醫生，在醫院裏經常看到那樣的女人來看病。」我說。

他大笑，「我說的玩其實就只是玩，又不是你想像的那種玩法。怎麼樣？一會兒我帶你去玩玩？我知道一個地方很不錯的，很好玩的。」

我頓時尷尬起來，「算了，不去了。」

「你是醫生，我倒是想看看你們當醫生的究竟和我們這樣的人是不是一樣呢。馮老弟，你別推辭啊。我們就是去玩玩，又不犯錯誤。怕什麼？上官不是覺得你單純嗎？我給你講，男人只要到那樣的地方多去幾次的話，就會變得成熟起來的。」他笑著說。

這下我倒是覺得奇怪了，「這話是什麼道理？」

「夜總會裏的女人說到底就是出賣色相的，那裏各種女孩子都有。也許某個女孩子是正在上大學的學生，也許她是白領，還有當老師的呢。她們都有自己的難言之隱，所以才不得不去那裏掙錢討生活。同時，去那裏玩的什麼樣的男人都有，官員、企業老闆，只要有錢的男人都可能去那樣的地方。也就是說，夜總會那地方其實就是一個大染缸。馮老弟，我也認為你挺單純的，所以我認為你也應該去那地方活動活動，去那樣的大染缸裏面染一下再出來。」他笑著說。

我大笑，「你這個理論很新穎，不過我覺得沒什麼道理，那種地方讓人變壞倒是很容易，讓人成熟起來不可能。」

「一個人只要有了欲望，只要變得隨和起來，能夠看淡世間的一切，這本身就是一種成熟。我一個朋友的孩子因為失戀後竟然想去跳樓，你說他夠傻的吧？他的這種傻其實就是一種幼稚，因為他過於相信愛情，覺得自己失去了愛情後，人生就完全沒有了意義。後來，有人告訴那孩子說，他喜歡的女孩子其實是夜總會的小姐，他不相信，結果他朋友就把他帶到那家夜總會去，果然看見了那個女孩子在那裏上班。那孩子的朋友給了那個女孩子一千塊錢，結果就在夜總會的包房裏，那孩子就和那女孩上床了。後來那個孩子說，原來愛情就是這麼個玩意啊?!馮老弟，你說說，愛情是不是很虛幻？」他笑著問我道。

「他得到了那個女孩的身體，但卻沒有得到她的心。這是肉欲，不是愛情。」我搖頭說。

「也許你說得對，但是那個男孩子後來成熟了，從此以後他就變得現實起來，學業上進步很快，後來在事業上的發展也不錯。因為他現實了，不再去夢想虛無縹緲的東西了。」他說。

「喜歡夢想是年輕人的天性，這個男孩子的朋友抹殺了他的天性，這樣並不好。」我歎息著說。

他搖頭，「我不這樣認為，這個世界上大多數的人需要現實地去考慮問題，因為只有創造才會獲得自己想要的東西。唯有那些搞藝術的人才需要幻想，但是那樣的人畢竟在我們當中是少數。」

「這倒是。」我點頭，發現自己竟然被他說服了。

「走吧，我們去玩玩，真的很好玩的。」他說。

「怎麼個好玩法？」我好奇地問道。

「去了就知道了。你是醫生，我很想知道你和我們有什麼不一樣。」他又是這句話。

我更加好奇了，「這和我當醫生有什麼關係？」

「哈哈！」他大笑，「走吧，去了你就知道了。不過這樣的事情人多一些才好玩。我們兩個人……對了，你有信得過的朋友沒有？男的。」

我一怔，忽然發現自己竟然好像真的沒有什麼朋友。隨即搖頭。

「其實叫上幾個女人也蠻好玩的。問題是，女孩子必須要大方才行。」他說，隨即也搖頭，「算了，下次吧，第一次我怕你放不開。」

我被他的話搞得興趣盎然，而且很是好奇，於是就跟著他去了。

我和林易站在這家叫「皇朝夜總會」的建築物的外邊。天早已暗下來了，淅瀝的霓虹燈照著街道。一陣寒風吹過，刮起了一張小小的廢紙片，彷彿感到了寒冷，一隻野貓「喵」的一聲從垃圾箱上翻下，迅速而敏捷的跑開。風吹著紙片旋轉著越來越高，漸漸的飛過了這個建築陰暗的背面，飛到了建築的上空。夜總會的外邊停靠著許多豪華的轎車，林易的那輛車也在其中。陸續地有車來到，從裏面走下來一些穿著打扮非常考究的人，臉上堆著虛偽的笑容，三三兩兩地朝夜總會裏面走進。

這個建築並不是很高，但是很輝煌，週邊是一圈小小的正在閃爍的彩燈，純藍色玻璃的外壁，黃金色的大玻璃門，門內明亮的燈光下是一個寬闊的大廳，門口有幾個穿西服的大漢和穿旗袍的小姐，正在歡笑著迎接來訪的客人和送別出去的客人。

不知道是怎麼的，我忽然感到了一種害怕。我站在這裏，看著前面的霓虹燈發呆。

「走吧，我們進去。」林易對我說。我深吸了一口氣，然後跟在了他的後面。

裏面一片金碧輝煌，我們剛剛進入的時候，一位漂亮的女孩子就迎了上來，她身著紫色的長裙，上身還有一條狐皮坎肩，皮膚白皙如雪，身形婀娜動人，臉上是微微的笑容，俏麗無比。「林先生好，今天您好像沒有預定啊？」她在問道。

「沒有，給我們安排一個大包房。把你們這裏最漂亮的女孩子叫上十來個，酒還是老規矩。對了，娜娜在不在？」

「在的。」那位漂亮女孩說，臉上的笑容變得燦爛起來，「林先生，您跟我來吧。」

樓道裏面每到轉角處都有帥氣的小夥子或者漂亮的女孩子在迎候。林易昂首挺胸地前行，我依然跟在他的身後。「晚上好！」每當碰到那些服務生的時候，都會聽到他們熱情的聲音，還有燦爛的笑臉。有客人在我們前面，後面也有，所以他們的「晚上好」此起彼伏地在響起。我不禁想道：他們不累啊？一晚上都這樣？

包房確實很大，大約有七八十個平方的樣子，裏面一道大螢幕，螢幕的兩側是一組大大的音響，房間裏面的沙發也很高檔豪華，沙發前面的兩個茶几有些過分的寬大。

「來，我們坐中間。」林易招呼我道。

我過去坐下了，有些惴惴不安。

「林先生，您坐一會兒，我馬上去安排人和酒水。」那位漂亮女孩子說。

「一會兒你也來吧。」林易對她說道。

「好的。」她笑著答應了。

「老弟，她長得怎麼樣？你覺得她漂亮嗎？」林易問我道。

我沒有想到他會當著這位女孩的面這樣問我，頓時不知道該怎麼回答了，「這個，嗯，還不錯。」

「我叫露露，先生貴姓啊？」她倒是很大方的樣子。

「你叫他劉先生就是。」林易笑道。

「劉先生好，你們坐一會兒，我馬上就來。」她朝我們微微一笑，然後轉身出去。

「這地方都使用假名。我請官員來這裏也是胡亂介紹。大家都不願意暴露自己的真實身分。」林易隨即笑著對我說道。

我點頭，同時問他道：「她們對你好像很熟悉了。」

他大笑，「當然，這家夜總會就是我開的嘛。」

我愕然地看著他，「那她們幹嘛不叫你老闆？而且還現給你安排？」

「這是我要求她們那樣做的。你不是外人，我就給你實說吧。現在很多官員喜歡到這樣的地方來玩，但是他們卻非常顧忌我是這裏老闆的這個身分。因為我請他們往往都是有事情要麻煩他們的，如果他們知道這家夜總會是我開的，一是會覺得我有些下三濫，二是會擔心我悄悄在這裏安裝攝影機。這些都是官員的正常心態。這裏再豪華，畢竟藏汙納垢。他們再喜歡玩，但是安全問題才是他們首先要考慮的。

「其實，我怎麼可能在這地方安裝攝影機呢？那不是找死嗎？我這個人做生意始終堅持一個原則，那就是先交朋友。這次的生意不行還有下次嘛。我最討厭那些生意做不成就去威脅別人的人了。那樣的人層次太低。可是，這樣的事情是無法解釋的，解釋也沒有用，因為他們的內心裏面已經產生了那樣的想法了。所以，我只好要求這裏的員工不要暴露我的身分。當然，知道我身分的員工也不多，也就是這裏的經理還有個別的領班。比如剛才的這位露露小姐。她的真名不叫露露，她叫慕容雪。江南外語學院畢業的高材生呢，被我高薪請到這裏來當領班了。怎麼樣？喜歡她嗎？」他介紹了一通後才笑著問我道。

「談不上喜歡。只是覺得她蠻漂亮的。」我說。現在，我心裏已經變得輕鬆了起來。他是這裏的老闆，我還害怕什麼？我想，他剛才對我說實話的目的，可能也是不想讓我太緊張。

不多久慕容雪，不，她在這裏叫露露，她進來了。她帶進來了一長排的女孩子。她們個個都打扮得清純可人，而且長相都很漂亮，身材也都是屬於高挑類型的。也許是房間燈光的緣故吧，我發現她們的膚色都是那麼的白皙。因為她們身上穿的都是長裙。

「怎麼樣？」林易問我道。

「哪裏要這麼多啊？我們才兩個人，叫兩個就行了。」我說。

「人多了才好玩。」他笑道，隨即去對那些女孩說道：「都留下來吧。露露，來，挨著你劉哥坐。」

她嫋嫋婷婷地朝我走了過來，坐在了我身旁，她的手極其自然地伸進了我的臂彎裏，「劉哥，好久沒來了啊。」

林易忽然笑了起來，「你劉哥可是第一次到這裏來呢。對了，你去把黃經理叫進來。」

她的手從我的臂彎裏抽了出去，站起來朝外邊走去了。剛才，她挽住我胳膊的那個動作讓我心裏猛地一顫，身體頓時緊張了起來。現在，她離開了，我心裏竟然有了一種悵然若失的感覺。我覺得自己的那隻胳膊空落落的。

「來，都來坐下。」林易朝那些女孩招呼道。她們頓時朝我們蜂擁了過來，嘻嘻哈哈的笑聲響成一片。剛才，她們都還很矜持，臉上只有職業性的微笑，而現在，她們都開始忘形了。

她們蜂擁而來，我和林易即刻被她們給隔開了。我的左右都是女孩子，靠近的兩個都挽住了我的胳膊。

「喂！你們這樣不是把我給綁架了嗎？」我聽到林易在誇張地大叫，女孩子們頓時大笑起來，我發現，他也和我一樣地被兩個女孩子挽住了胳膊。我頓時也笑，因為我現在的狀態和他一樣，也像是被她們綁架了似的。

「你們，誰去把酒水、小吃給我們叫來。」林易在說。

「露露姐已經安排好了。」有個女孩說道。

「我知道已經安排好了，你去催一下。」林易說。正說著，露露帶著一位身穿西裝的男人進來了。他二十多歲年紀，身形勻稱，臉上有著與他年齡不相當的成熟。他一進來就諂笑著對林易道：「老闆，您來了？」

「把你的名片給我兄弟一張，今後他隨時來你都得給他安排好。費用我簽單。明白沒有？」林易對他說道。

「好的。老闆。」小夥子點頭哈腰地道，隨即從衣兜裏摸出一張名片來遞給我，「大哥，請多關照。」

我接過了名片，看見上面寫著：皇朝夜總會總經理黃尚

我正準備對他說「謝謝」，卻聽見林易在對他說道：「你去忙吧。這裏不需要你了。」我看見林易在對黃尚說話的時候還在朝他揮手。

黃尚朝他鞠了一躬，然後又對我說了聲「大哥玩好啊。」就出去了。

這時候我才發現寬大的茶几上已經擺滿了小吃和紅酒。

「把酒倒上，我們開始喝酒。要唱歌的自己去唱。」林易說道，隨即來看了我一眼，不，他看的是我旁邊的那個女孩，「讓你們露露姐挨著劉大哥坐。」

我一側的女孩笑著站了起來，露露即刻地坐到了我身旁，她再次挽住了我的胳膊，「劉哥，來，我敬你一杯。」

我去看了自己另一側的那個女孩，「麻煩你把手拿開。你這樣我怎麼喝酒

啊？」那個女孩朝我燦然一笑，手即刻從我胳膊裏面抽了出去。

露露和我喝了一杯，接下來每個女孩都來敬我，同時也在敬林易。

不多久我就感覺到有醉意了。急忙去對林易說：「林總，這樣不行。一是我們開始喝了白酒，二是現在我們就兩個人，她們十來個，我們怎麼喝得過她們啊？」

「有道理，來，這樣，你們去站在我們前面，露露就不要去了。」林易拍了一下手後大聲地說道。

女孩們都起身去站在了我們面前，排成一排，她們臉上的笑容比剛來的時候可是要自然多了，個別的還在咧嘴地笑著。

林易去看我身旁的露露，「露露，老節目開始吧，我們一邊玩一邊喝酒。」

露露笑著說：「好。」隨即去對那一排女孩子說：「你們知道規矩的吧？現在，你們先自報自己的名字。就一個要求，要讓兩位老闆記住你們的名字。」

我莫名其妙，不知道她們要搞什麼名堂。

這時候她們已經在開始報自己的名字了，從左側開始。

「我叫豬豬，我的嘴唇有點厚。這樣，像不像豬豬？」她朝前跨了一步，笑著自我介紹道，嘴巴嘟了出去，隨後還模仿了幾聲豬打鼾的聲音。所有的人就笑。她退了回去。

她旁邊的那個女孩子出來了，「兩位老闆好，我叫蘭蘭，全名叫黃疏朗。記住我叫黃鼠狼就行了。」所有的人又笑。

接下來是第三個，「我叫胡麗娟，大家都喜歡叫我狐狸精。我的眼角是朝上面斜的，像不像狐狸的樣子啊？」

就這樣，她們一個一個地自我介紹下去，每一個人的介紹都很有特色，讓我一下就記住了她們每一個人的名字。記得我上大學的時候學習《中醫》課程，裏面的湯頭很難記住，後來我想了一個辦法，就是把每個湯頭裏面的藥材名稱編成順口溜，這樣一來很快就記住了。現在，她們採用的辦法和我曾經使用過的差不多。

「老弟，你一個個叫一下她們的名字。」林易對我說道。

我開始一個一個地叫，沒有說錯一個人。她們的名字太特殊了，很好記憶。

「我也記住了。下面我們兩個開始比賽。輸了的喝酒。」他隨即說道。

我很詫異，「比賽？怎麼比賽？」

他朝我怪笑道：「你馬上就會知道了。」

這時候我旁邊的露露笑著對那些女孩子說了句：「把裙子都脫了吧。」

我大吃一驚，驚駭莫名，張大著嘴巴去看露露，「這……」

「哈哈！現在好玩的事情才開始呢。」林易大笑。

第八章

重情重義？

我心裏猛然地像被什麼東西刺痛了一下。
我的腦海裏全部佈滿了趙夢蕾的影子，
一種從所未有的內疚頓時襲上心來。
馮笑，你太過分了，你在欺騙她，欺騙別人，
你的目的是為了讓別人說你重情重義。
馮笑，你真的很卑鄙！

第二天我醒來後的第一件事情就是後悔。我覺得昨天晚上的事情太荒唐了。我在心裏不住地告誡自己：從今往後再也不要到那樣的地方去了，那地方太容易讓人墮落了。

我知道，人都是有著各種各樣弱點的，那些弱點或許會在平時的時候被自己掩蓋或者克制，人的倫理道德觀念還是有著巨大的力量的，但是，一旦在酒後，或者在別人的誘惑鼓動之下，自控力往往就會減弱，於是總會給自己找出一些理由來說服自己，內心深處的各種欲望就會噴湧而出。

由於我要上班，而且還安排了一整天的手術，所以這一天過得很快。下班後急匆匆地去到莊晴那裏。我沒有和她同路，因為我也不想被別人猜疑。

我們三個人一起吃了頓飯，是陳圓做的，味道還不錯。她是孤兒，在這方面倒是比較獨立。

吃完飯後我們三個人一起看電視。電視節目太無聊了，不一會兒我就沒有了興趣。於是開始聊天。我發現，當我真的想去和她們倆聊天的時候，反倒沒有什麼話想說了，隨便說了幾句，她們的反應也很平淡，頓時覺得無趣。「我去看書。」我對她們說。

「去吧，我和陳圓要看韓劇。」莊晴說。

陳圓來看我，「你想看什麼節目？」

「沒什麼好看的，都很無聊。現在我不能天天玩了，得看看書、寫寫論文什麼的。現在壓力大啊，吃老本可是不行了。」我說，忽然想起章院長對我說過的那番話來，更加覺得自己不能再像現在這樣墮落下去了。

其實我知道總會有這一天的，不管是男人也好女人也罷，總會從激情轉為平淡的那一天的，現在我們三個人就是如此。

我去到自己的房間，從書架上取出一本專業書來開始翻閱。

眼前朦朧一片，我心裏很煩悶：一個人一旦沉迷於欲望之後，就會很難回覆到淡然的狀態。看書是需要心靜的，需要進入到一種忘我的狀態。但是一旦思緒被欲望挑動之後，就再也難以進入那種靜的狀態去了。

眼前的書頁化成了一道螢幕，上面有著各種女人的影子。常育、莊晴、陳圓、洪雅、上官琴，還有昨天晚上那個叫露露的女孩子，還有那一個個形狀大小不一樣的乳房。畫面在轉換，我開始回憶昨天晚上的情景……太刺激了！

心旌搖曳，然後猛然地有了一種躁動，彷彿椅子下面被安上了釘子似的讓人坐著很難受。頓時站了起來……霍然清醒……馮笑，你這是怎麼了？怎麼變得如此躁動起來了？難道你已經被那樣的東西綁架了嗎？要知道，你的老婆還在那裏面呢。

老婆，趙夢蕾……我心裏猛然地像被什麼東西刺痛了一下。她現在怎麼樣了？她在那裏面還好嗎？她是不是在想我？

這一刻，我的腦海裏全部佈滿了趙夢蕾的影子，一種從所未有的內疚頓時襲上心來。馮笑，你太過分了，她現在是那樣的情況，而你呢？你卻整天鶯歌燕舞，在女人堆裏樂不思蜀，完全把她給忘記了！雖然你委託了宋梅去疏通她的事，其實你的內心根本就不關心她！你這完全是一種欺騙！你在欺騙她，欺騙別人，你的目的是為了讓別人說你重情重義。馮笑，你真的很卑鄙！

我在心裏不住地痛罵自己，頓時覺得自己以前的行為真的是太過分了。忽然地有了一種衝動……馮笑，你早該這樣了，早該去找他們了。

我拿起了電話。

「童警官，是我。不好意思，晚上還來打攪你。」我儘量客氣。

「馮醫生啊，我聽出你的聲音了。怎麼，有事嗎？」她在電話裏笑。

「我想問問你，我老婆的事情。」我說。

「你終於給我打電話了啊，我還說呢，你們男人怎麼都這樣無情無義啊？怎麼？今天忽然良心發現了？」她問道，隨即便笑。

我更加汗顏，「童警官，不是這樣的。是我聽別人說這個階段家屬不能探視，你們也不會告訴我她的案情。所以……」

「是這樣的。不過我們是熟人了啊？或許我會悄悄給你透露點什麼的。呵呵！開玩笑的。不過，問不問是你，回答不回答在我啊。不管結果怎麼樣，但是你根本不聞不問就不對了吧？怎麼？你準備和她離婚是不是？從你個人的情感上講，你提出離婚是對的，我們也可以理解。但是從我們員警的角度來講，就不希望這樣的事情發生了，因為你妻子目前畢竟處於這樣的階段，她的情緒會因此受到很大影響的。對了，你們是中學同學吧，那麼你們的感情應該很純真是吧？」她說了一大通，我卻並不完全明白她話中的意思。

「是。」我回答說，「童警官，她現在的情況怎麼樣了？需要我做什麼嗎？」

「現在案子已經很清楚了。對了，你怎麼沒有給她請律師呢？律師很重要的啊。」她說。

「我有朋友在幫我安排這件事情。」我說，心裏忽然忐忑不安起來——宋梅究竟幫我請了律師沒有？「童警官，我現在可以去看看她嗎？」

「不行，現在只有她的律師可以去見她，因為律師需要取證，確定辯護的依據。」她回答說。

我心裏覺得很難受，「那我什麼時候可以去看她呢？」

「判決之後，那時候你可以去監獄看她。」她說。

去監獄？我心裏頓時激動起來，「童警官，你的意思是說她，她不會被判死刑是吧？」

「那是法院的事情，不過她有自首的情節，我們會充分給檢察院反映的。」她回答說。

我覺得她現在的回答太官方語言了，心裏很是不悅，不過我卻沒有其他的辦法。早知道這樣的話，當初就應該和她搞好關係了。我想到自己幾次和她在一起的時候，對她都是不冷不熱的態度，有次一起吃飯的時候，我竟然還提前跑了，現在想起來心裏真是很慚愧。而且，趙夢蕾的事情說到底還是我自己搞出來的，假如當初我不讓宋梅去見錢戰的話就好了。

現在，大錯已經鑄成，想要改變這一切已經是不可能的了。我感覺到冥冥之中彷彿有天意在主宰著這一切。

「童警官，她在裏面還好嗎？」我換了個話題。當我問出這個問題之後，腦子裏面頓時浮現起趙夢蕾淒苦的神情來，我心裏頓時難受起來，忽然有了一種想要哭泣的衝動。我聽到了自己的聲音裏面帶著哽咽。

「她現在的情況還不錯，很坦然，不過話很少。」她說。
我心裏更加難受，但是卻不知道該繼續問她什麼了，「謝謝你，童警官。」
「哎！」她歎息道，「馮醫生，我知道你人很不錯，可是我這工作性質……請你理解啊。」
「我已經非常感謝你了，以前是我不懂事，每次都讓你不高興。我向你道歉。」我真誠地對她說。
「你以前確實蠻拽的。哈哈！不過我很理解你。因為你們當醫生的總是高高在上，你當時可能在想，我又不犯罪，所以你們員警拿我沒辦法。是不是這樣啊？」她大笑著問我道。
我更加汗顏，不過心裏卻忽然有些不悅起來，「童警官，你是不是……算了，我不想說了，我說出口來你又會生氣。其實你說錯了，高高在上的不是我，而是你們，你們當員警的總是用有色眼鏡看人，所以我當時很反感。」
「你誤會了，我們怎麼可能用有色眼鏡看人呢？也許是你自己心虛。哈哈！得，我也不說了，免得又把你給得罪了。好啦，就這樣吧，有事情隨時給我打電話。」她說。
「好，謝謝你。」我說，嘴裏嘀咕了一句，「我才不心虛呢，我有什麼心虛的？」

「你在說什麼？」電話裏面傳來了她的聲音。

「沒什麼，童警官，麻煩你照顧一下我老婆，好嗎？」我急忙地道。

「這個你放心，我早就給看守所的朋友打招呼了。」她說，隨即又說了一句：「馮醫生，我可是把你當成朋友在對待的啊，你呢？」

「謝謝你。」我說，不敢直接回答她的這個問題。因為我根本就沒有把她當成自己的朋友。當然，我對她也沒有敵意。最多也就是把她當成了熟人罷了。

「我明白了。」她說，猛然地掛斷了電話。我頓時痛恨自己：馮笑，你連假話也不會說啊？要知道，你現在可是在求人家！

拿著電話，我心裏懊悔萬分，本想再次給她撥打過去，但是又覺得這毫無意義，只好歎息著放下了電話。

房間的門打開了，從外邊探進來了莊晴的頭，「馮笑，你不是看書嗎？怎麼一直在打電話？」

「我有事情，你別來打岔好不好？」我說，心裏有些煩悶，竭力地在克制自己內心的煩躁。

「怎麼啦？心情不好？發生什麼事了？」她詫異地看著我問道。這時候陳圓也出現在了門口處，她的臉上露出的是擔憂的神色。

「你們去看電視吧。我處理點事情。別來打攪我，我一會兒就睡了。」我說。

「哥，你怎麼了？」陳圓卻在問我道。

我發現自己無論如何不能對她生氣，於是柔聲地道：「沒事，我是為了我老婆的事情在煩，你們去看電視吧，我得馬上再打一個電話。」

莊晴歎息了一聲，「陳圓，我們別打攪他了。」

門被關上了，房間裏又恢復了寧靜。

我忽然覺得口渴，於是走出了房間。她們兩個人都來看我。我苦笑，「我想泡杯茶。」

「我給你泡。」陳圓說，即刻從沙發處站了起來。

「我自己來吧，你們早點睡吧。」我說。

莊晴頓時笑了，「馮笑，你今天怎麼魂不守舍的？你看現在才幾點鐘啊？」

我頓時汗顏，因為我剛才的那句話完全是在一種無意識的狀態下說出來的，我說的那句話完全是一種虛偽的關心。

陳圓卻沒有笑，她的臉上依然是一種擔憂的神色。我不敢再去和她們說話，急忙去泡好了茶，然後進入到自己的房間。就在這一刻，我心裏忽然冒出一個想法：

從明天開始，我得搬回到自己的家裏去住。因為就在這一刻，我內心深處對趙夢蕾的那種愧疚感，頓時像氣泡一般地冒了出來，它沒有破裂，一直在我的腦海裏飄蕩。

喝著熱騰騰的茶，我在想著接下來給宋梅打電話如何對他說趙夢蕾的事情。我發現自己現在在宋梅面前不像以前那樣強勢了，因為我對他有所求了。所以，我有些擔心自己直接問他那件事情，會引起他的反感。

可是，萬一他真的沒有幫我替趙夢蕾請律師呢？剛才童瑤的話不正是說明了這一點嗎？不行，我得問問他，馬上。

即刻撥打電話。

「馮大哥啊，我現在正在談點事情，說話不大方便，我一會兒給你打過來。」他說。

我只好掛斷了電話，心裏卻有些不大高興：這個人，現在變拽了啊。

不過很奇怪的是，接下來我竟然可以看得進書了。也許是因為我的心裏不再有大的擔憂的緣故吧。剛才在掛斷宋梅電話的時候，我就已經想好了，如果他沒有幫我請律師的話，我就馬上自己去請一個。反正這個城市裏的律師事務所多得很。同時我也覺得自己以前太過依靠別人了，這樣的事情應該自己去辦的。

這不是偷懶，是我內心深處對趙夢蕾的淡漠。現在我這樣分析我自己。

宋梅的電話在兩小時後才打過來。

「對不起啊馮大哥，我剛才在和一位朋友說點事情。」他首先向我道歉。

「我知道。」我說，「怎麼樣？今天和常姐談得怎麼樣？」

「沒有說什麼，她只是問我接下來怎麼處理專案的事情。」他回答，「我說了，肯定不能讓斯為民做那個專案，因為這個人太危險了。」

「然後呢？」我問道。

「沒有然後。」他說，「她只是問了我的想法，其他什麼都沒說。」

「怎麼會這樣？她應該有個明確的態度的。」我說。

「是啊，我也覺得很奇怪呢。」他回答說。

「那你準備怎麼辦？」我問道。

「還能怎麼辦？現在我也很著急。我想好了，過幾天去找斯為民談談，我現在很擔心出問題。你說得對，斯為民畢竟有正式的合同，這非常麻煩，早知道當初我還真不該給常廳長出那樣一個主意啊。」他歎息著說。

「常姐心裏有數的，你不應該這麼著急。我覺得常姐不可能把這個專案給斯為民做，畢竟斯為民是朱廳長的人。」我安慰他道。

「我也這樣想呢。不過我還是擔心，因為對於常廳長來講，現在她最重要的是把她自己的位置坐穩啊。馮大哥，你有空幫我問問吧，問問常廳長究竟是什麼樣的想法，好嗎？」他說。

「我儘量吧，不過我覺得她也不會對我說更多的。你想，她今天本來就安排了和你見面談這件事情，這就說明她本身就應該和你表明態度啊？不然的話，這種見面有什麼意義？」我分析道。

「是啊，我就是不理解啊。」他說，「難道她的意思也是讓我去與斯為民談談？昨天晚上她和你究竟是怎麼說的？」

「我不是已經告訴你了嗎？」我說。

「肯定就是這個意思了。好，我過幾天去和斯為民談談，這兩天手上有點事情。」他說。

「你準備怎麼去和斯為民談呢？」我問道。

「我想刺激他一下，看看他的底牌究竟是什麼。」他說，「實在不行的話就合作吧。你說得對，錢哪有賺得完的？」

「是啊。」我說，不想和他繼續說這件事情了，因為我本來的目的就不在這件事情上面，「宋梅，你幫我請的律師呢？聯繫好了沒有？」

「聯繫好了啊。」他說。

我心裏很是懷疑，「我想見見他。你幫我安排一個時間，或者你告訴我他的電話，我自己去見他也行。」

「他的名片在我辦公室裏，這樣吧，我明天與你聯繫。」他說。

我只好說好。

第二天他卻沒有給我打電話，到下午的時候我有些著急了，於是給他撥打過去。「對不起啊，馮大哥，我今天沒去辦公室。明天吧，可以嗎？」他說道。

我心裏很不穩當了，「宋梅，你告訴我，你究竟替我請了律師沒有？這件事情可開不得玩笑。」

「請了的，真的請了的。明天我告訴你律師的電話吧。」他說。

我鬱鬱地掛斷了電話。不知道是怎麼的，我心裏隱隱感覺到一種不安。

明天吧，明天如果他再不告訴我律師的電話，就說明他是在騙我，那樣的話我就自己去請律師了。我在心裏想道。

難道他後悔了？難道他對這個專案失望了？不，應該是從開始他就留了後手。

不是嗎？他本來準備給我兩百萬的，後來卻只給了一百萬，還說什麼用另外的那一百萬去替我打理趙夢蕾的事情。一定是這樣。

不行，我得把我手上的那一百萬還給他，如果專案真的有問題的話。想到這裏，我心裏忽然不是滋味起來，於是即刻又給他打了個電話。

「馮大哥，你想多了吧？」他這樣對我說道。

「反正我不能要你這一百萬。我看這樣，等事情確定下來之後再說好不好？」我說。

「馮大哥，你真的多心了。我看這樣。我和你都信得過莊晴，你把那張卡先交給她保管吧。事情成了後，讓她把那筆錢再給你，這樣總可以了吧？」他說。

我覺得這倒是一個不錯的辦法，於是即刻答應了。電話掛斷後，我就把卡交給了莊晴，我發現這東西像定時炸彈一樣讓人感到害怕。

莊晴當時也很詫異，她瞪眼看著我，「幹嘛？」

我悄悄把事情的經過告訴了她。她沒有伸出手來接這張卡，「我不要，事情還沒成呢，你們就開始各懷心思了，真是的！」

「不是什麼各懷心思，是我擔心事情不成反而惹火燒身。這東西放在你這裏，他和我都放心。你說是吧？」我急忙地解釋道。

「你們就不怕我把這錢拿去花了啊？」她怪笑著問我道。

我一怔，隨即笑道：「你不會，這一點我還是很相信你的。」

「我偏偏要拿去花了。」她說，隨即朝我燦然一笑，「這下好了，我成富婆了。」

我再次一怔，隨即搖頭苦笑：這丫頭，真會說笑話。

幾天後，我忽然聽到一個消息：宋梅死了。

我是從宋梅現在的那位女人那裏知道這個消息的，準確地講，我得到這個消息的時候宋梅還沒有死。鍾燕燕，是她給我打來的電話。「馮大哥，宋梅被人打了，他正在你們醫院急診室裏搶救，麻煩你來一趟好嗎？」

她給我打電話的時候是晚上，大約九點過。我接到她的這個電話後頓時大吃一驚，急匆匆地就往外面跑。

本來我那天下決心從第二天開始就不再到莊晴那裏去住了。可是當我把這個想法告訴了莊晴之後，她卻很淡然，不過她對我說了一句話，「我無所謂啊，可是陳圓已經有孩子了，你這個當父親的難道準備置身度外？兩種辦法，一是你繼續住在我那裏，二是你把陳圓接到你自己家裏去。」

我頓時怔住了，隨即我又聽她說了一句：「馮笑，我知道你是怎麼想的，但是你想過沒有，我、陳圓，我們兩個人已經和你無法分開了，這是現實。」

所以，我只好繼續留了下來。

現在，當我急匆匆地往外跑的時候，卻聽到陳圓在問我道：「哥，你幹嘛啊？出什麼事情了？」

莊晴也問：「是啊，出什麼事情了？」

我只好站住，「宋梅被人打了，正在我們醫院急救，我得馬上去一趟。」

莊晴張大著嘴巴看著我，滿臉的驚恐，一瞬之後才說道：「我也去。」

在路上的時候她不住地問我，「究竟出什麼事了？他的傷重不重？誰打他的？究竟發生了什麼事情？他受傷的是哪個位置……」她的問題一連串問了出來，我看得出來，她很焦急。

我很理解她，同時也感覺到了她對宋梅的感情依然存在，可是我卻無法回答她的這些問題，「莊晴，我也不知道具體的情況。這個電話是鍾燕燕打來的，她也沒有具體說。別著急，我們去了就知道了。」

「怎麼會這樣啊？他這個人就是太好強了，我就知道，遲早要出事情的。不行，我馬上給急診科打電話，我要馬上打！」她說，好像是在自言自語。

我不禁歎息，「我來打吧。」

醫院的總機號碼我記得，撥通了後我根據提示音摁下一個按鍵轉為人工服務，然後請話務員轉接到急診科。「你好，我是婦產科的馮笑，請問剛才來的哪個急診病人的情況如何了？就是哪個被人打傷了的，他的名字叫宋梅。」

「剛剛死了。腦幹出血，沒有搶救過來。」電話裏的那個人對我說道。我頓時驚呆了，手上的電話差點沒有拿住。

我在打電話的過程中，莊晴一直在看著我，現在，我的神情被她發現了，「怎麼啦？」她問道，聲音慌張，神情驚駭，但是卻又有著一絲的期冀。

我沒有隨即告訴她，因為我也還沒有完全從震驚中清醒過來。

「究竟怎麼了啊？」忽然聽到她在大聲地問，同時我感覺到自己的胳膊上面傳來了鑽心的疼痛，霍然醒轉。

「莊晴，他，他死了。」我喃喃地說。

「不！不可能！你騙我的是不是？是不是！」她猛然歇斯底里地大叫了起來。

我去攏住她的身體，感覺到她全身在劇烈地抖動。

「莊晴……」我不知道該如何去安慰她。同時，我也不敢相信這個現實。

宋梅，他真的就這樣死了嗎？多麼聰明的一個人啊，怎麼忽然就沒有了呢？是誰這麼心狠手辣？竟然會幹出這樣的事情來？

讓我感到奇怪的是，莊晴卻並沒有像我預料的那樣失聲痛哭，她在我的懷裏竟然沒有再發出任何的聲音。一會兒之後，我才發現了這種異常，急忙去看……

她竟然睡著了。不！我霍然一驚，難道她昏過去了？急忙地叫：「莊晴，莊晴！」

她沒有反應。這下我明白是怎麼回事了，急忙去摁她的人中。她幽幽醒轉，「馮笑，這不是真的，是吧？我是在做夢，做噩夢，是吧？」

我無法回答她，只有將她緊緊擁抱。

計程車在醫院的急診科外面停下，我扶著她下車。剛剛下車，她就猛然地推開了我，踉踉蹌蹌地朝急診科裏面跑去。

我趕快跟上。

我們到的時候，宋梅的屍體還停放在急診科裏面。那裏有好幾個員警，童瑤也在，她看見我的時候在朝我苦笑。

莊晴直接跑向了宋梅的屍體，她站在他屍體的面前，呆呆地站在了那裏，她在朝他看。我急忙地跑了過去，我看見莊晴的眼淚在一顆顆掉落。

我沒看到鍾燕燕。

宋梅的雙眼緊閉，眼圈周圍烏黑如熊貓一樣，面色青紫，嘴唇沒有一絲血色。這是腦出血的症狀。

莊晴一直在看著他，眼淚開始如決堤的江水般往下流淌，但是卻沒有發出任何的聲音。

一個員警走了過來，「好啦，你們趕快離開，我們得馬上給他做屍體解剖。」

「讓她再看看吧。」我對那員警說。

「不行，請你們不要干擾我們執行公務。」那個員警很不耐煩的樣子，不過語氣上比較客氣。

這時童瑤過來了，她看了莊晴一眼，然後又來看我。「這是他的前妻。」我過去低聲地對她說了一句。我這樣說沒有其他目的，只是想讓莊晴多看他一眼。

「等一會兒吧。」童瑤對那個員警說，隨即拉了我一下，「你出來，我問你點事情。」

我跟著她出去了。她即刻轉身問我道：「你怎麼知道這件事情的？」

「是宋梅的女朋友打電話告訴我的。咦？她人呢？」我問道。

「她在急診室的留察室裏面輸液，她剛才昏迷過去了。」她說，隨即笑道：「這個宋梅還很有魅力的嘛，兩個女人為他如此傷心。」

聽了她這話後，我心裏很不舒服，「童警官，人死為大，請你不要開這樣的玩笑好不好？」

「對不起。」她看了我一眼後說道，「我知道你和他是好朋友，關於宋梅的情況你知道些什麼？」

我搖頭，「我也是剛才知道這件事情的啊。對了，究竟發生了什麼事情？」

「今天晚上他和一位叫斯為民的老闆一起吃飯，在喝酒的過程中，不知道為什麼兩個人吵起來了，後來進來了一個人，這個人叫了斯為民一聲『老闆』後，就猛然地拿起桌上的白酒瓶狠狠敲打在了宋梅的後腦上面。這些情況我們也是剛才從宋梅那位女朋友那裏瞭解到的，具體的情況我們還不完全清楚。」她說。

我大吃一驚，「斯為民？怎麼會是他？」

她詫異地看著我，「你認識斯為民？」

我完全被驚住了，怎麼會是他呢？斯為民為什麼會做出這種事來呢？這也太過分了吧？

「問你呢。」我正怔怔地出神，卻聽見童瑤在對我說道。

「哦，認識。」我急忙地道，心裏卻忽然地想道：這件事情如何向她解釋？

「是這樣，斯為民的老婆是我的病人。陳圓你還記得吧？她後來還在斯為民老婆那裏上過一段時間的班，是我介紹去的。就這樣我和斯為民就認識了。」我急忙地道。

「這樣啊。」她點頭道，「好了，我得馬上去調查這件事情。現在我們的人已經去到那家酒樓了，一會兒等鍾燕燕醒來後，我們還得給她錄口供。這樣，你現在去把小莊叫出來吧。」

她的話剛說完，我就聽到急診室裏猛然傳來了莊晴聲嘶力竭的大哭聲。

宋梅的屍體被拉走了，莊晴再次昏迷了過去。

在急診科的留察室裏面，莊晴與鍾燕燕同時都在輸液。我沒有吃醋的感覺，真的沒有。

對於宋梅這個人，說實話我不大喜歡他，但是我很讚賞他的聰明。我想不到一個那麼聰明的人就這樣離開了世界。就在這時候，我腦海裏頓時升起一句話來：金錢這東西真是害人。

他就這樣死了，我的第一個感覺就是，肯定是為了那個專案的事情。猛然地我心裏有了一種緊張：這件事情會不會影響到常育？想到這裏，我急忙跑了出去。

電話通了，「我有事情，有什麼事情你與洪雅聯繫。」

我一怔，隨後發現電話被她給掛斷了。

洪雅？這件事情我幹嘛要給洪雅聯繫？我心裏很詫異。不過我還是給她撥打了過去，她電話占線。

等候了幾分鐘之後再次撥打，這下通了。「你在什麼地方？」洪雅問我。

「在我們醫院。」我說。

「我馬上來接你。」她說。

我很詫異：這是怎麼回事？不過我沒有問，因為我忽然把剛才常育電話裏的那句話聯繫了起來，「我在醫院的急診科。」

我回到了留察室裏面，莊晴和鍾燕燕都還在沉睡。裏面的光線有些暗淡，而且靜得可怕，我感受到了一種極度的沉悶與蕭索。

急診科的值班醫生認識莊晴，他看著我意味深長地笑。我倒是不擔心他已經知道了我們的關係，估計他僅僅是一種懷疑。我是醫生，莊晴是護士，他沒有某種想法才怪了。而且醫院裏面醫生與護士之間的事情也很普遍，特別是外科。對此我無可奈何，只好假裝沒有看見他的那種懷疑的臉色。

不多久洪雅打來了電話，「我到了，你出來吧。」

「麻煩你照顧她們兩個，死者是我朋友，但是我還有事情，得馬上出去一下。」我對值班醫生說，忽然想起一件事情來，「請你暫時不要告訴章院長這件事情，好嗎？」

「章院長？章院長和這事有什麼關係？」他詫異地看著我問道。

我這才知道自己是多慮了，心想這樣也好，於是又對他道：「章院長是小莊的舅舅，死者是小莊的丈夫，這件事情你明白的。」我說，朝另一張床上的鍾燕燕努了努嘴巴。

他恍然大悟的樣子，「明白了，你放心吧，我們會照顧好她們的。」

我相信現在他不會再懷疑我與莊晴有什麼關係了。不是我要逃避什麼，而是我不想在現在這樣的情況下出現節外生枝的事情來。

洪雅的車停在外邊，她沒有下車。我直接去拉開了副駕駛的門然後上去。「常姐讓你來接我的？」我問道。剛才我們通完電話後我就明白了：常育肯定有什麼不方便。

她開車進入到了一個社區，社區的大門顯得很狹窄，門口處竟然有保安在站崗。洪雅拿出一張卡來，刷了一下後欄杆抬起，汽車緩緩朝裏面開去。我看著前方的道路，頓時疑惑不已，「這是什麼地方？怎麼和我看過的社區不大一樣？」

「這是別墅社區，當然不一樣了。」她笑著回答，「難道你沒有發現我的車也不一樣了？」

我苦笑，「我根本就沒有來得及看你的車牌。」

她輕輕地拍了拍方向盤，「你看這裏啊。傻啊？」

我朝她方向盤看去，只見在她方向盤的中央有著一個漂亮的標識，「喲！你發財了啊？」

「住這樣的地方，如果還是開以前那車的話就太沒面子了，你說是不是？」她輕笑道。

「這倒是。」我點頭，心裏卻在想道：這個女人真了不起，竟然這麼會掙錢。

第九章

聰明反被聰明誤

莊晴問道：「鍾燕燕怎麼不是宋梅想像的那樣了？」
我無奈道：「鍾燕燕現在想到的竟然是宋梅的財產。哎！」
莊晴驚訝道：「宋梅，我還以為你真的找到了最適合你的人呢。
想不到你這麼聰明的人還是會出錯啊？
這下好了，你聰明得把命都給丟了。報應！」

這個社區確實與眾不同。

進入後我才發現道路完全被林蔭所遮住，夜色下，這裏面有一種陰森森的感覺，因為我前面全部是花草樹木。現在的土地都非常金貴，開發商惜土如金，這麼大面積的綠化地帶讓我感到很好奇。當洪雅說出這地方是別墅區後，我才頓時明白了：這是高檔社區呢，難怪！

當洪雅提到了她車的事情後我才發現，她今天開的竟然是一輛寶馬。開始的時候因為看到她的車是白色的，所以就沒有注意到她已經換車。因為我記得她以前開的那輛車好像也是白色的。

轎車朝裏開去，終於視線開闊了，路燈也顯得明亮了些。我看見，在一個大大的湖的兩側分佈著數棟造型古樸的建築，建築的樣式都是一模一樣，很漂亮。都是別墅。別墅與別墅之間有樹木，不過不是那麼茂密，這樣就讓那些一模一樣的建築顯得不再那麼生硬。夜色下它們有了一種朦朧感，這讓我感覺到它們更加漂亮。

「真不錯。」我由衷地道，「很貴吧？」

「每棟三百多萬，現在的價格很便宜。怎麼樣？你也來買一棟？」她問我道。

我搖頭苦笑，「我哪來的錢啊？」

「可以貸款的。不過，每年的物管費太高了，這個看你怎麼想。我可以肯定，這別墅在五年之後，也許不需要五年，它的價格會翻倍。所以，從投資的角度看很划算。」她說。

「投資也得要有那個實力不是？我這人天生就不是做生意的料，所以只好安安心心做我的醫生了。」我說。其實，我心裏還是很羨慕這個地方的。這麼優美的環境，不可能讓我不動心。不過僅僅只是動心而已，想到自己口袋裏的那點銀子，頓時就沒有了興趣。

「我還真搞不懂你。呵呵！你這人吧，說你不喜歡錢呢，好像你又喜歡，說你喜歡呢，好像你有時候卻顯得很淡然。」她搖頭笑道，隨即將車停了下來，「到了。」

我下了車，伸了個懶腰。我看見，這棟別墅是中式風格的，紅牆碧瓦。不過又好像加入了一些西式的成分，因為在架構上似乎又擺脫了中式建築的那種古板。不過確實很漂亮。更漂亮的是別墅旁邊的那些樹木，它們應該是從別處移植過來的，因為我發現它們的樹齡都很長，而且還有被修剪過的痕跡。唯有靠近湖面的那些柳樹不大一樣，它們顯得很自然。

從別墅前面只能看見湖面的一角，夜色下波光粼粼的，看得不是那麼的真切。

「走吧，我們進去。這是常姐的，我的在她的正對面。昨天晚上我和她都坐在自己家靠近湖面的台階上通電話，遠遠地只可以看見對方的一點影子，很好玩的。」她從車上下來對我說道。

「這些別墅一模一樣，是不是很容易找錯地方？」我問道。

「怎麼會呢？有編號的，而且每棟別墅前面的樹木也不一樣，明白嗎？常姐這裏的是銀杏，我那裏是橡樹。」她回答，隨即走到了別墅的大門處，她開始摁門鈴。

「是洪雅嗎？」裏面傳來了常育的聲音。

「是，我把他接來了。」洪雅說。

門，打開了，常育出現在門口處。她好像剛剛洗完了澡，因為我發現她的頭髮盤在腦後，還有些濕，而且她身上穿的也是一件厚厚的睡袍。她看著我，在朝我笑，「來啦？」

「姐，原來你在家啊？」我問道。

「進來吧，對了洪雅，你去忙吧，我和馮笑談點事情。」常育對洪雅說。

洪雅笑著點頭，「常姐，我給你們買了點滷菜什麼的，還有酒，你們慢慢用。」

常育指了指她，「你想得真周到，這樣，我和馮笑談完了事情你再來，我們一起喝點。對了，你買的都是涼菜，這樣的天氣吃這些東西很傷胃的。你出去一趟，端一鍋花椒雞或者啤酒鴨回來，我家裏有電磁爐，我們可以熱熱火火地吃東西了。哎！今天晚上又是接待，根本就沒有吃飽！」

「行，我馬上就去。」洪雅說。

「你回來的時候，我們談得也差不多了，快去吧。」常育說。

洪雅轉身出去，我這才開始打量常育的這個新家。

客廳很大，很漂亮，還很溫馨。木製地板，牆面也被實木包裹著，沙發是真皮的，帶有布藝沙發的樣式，在客廳的一角是上樓的樓梯，樓梯也是實木的。

「真漂亮。」我由衷地道。

「洪雅這丫頭幫我裝的，她知道我喜歡什麼樣的風格。」她笑著說，指了指沙發，「坐吧，我已經給你泡好了茶。」

我這才注意到漂亮的實木茶几上有一壺綠得沁人的綠茶，旁邊還有幾個漂亮的茶杯，茶壺和茶杯都是玻璃工藝品。還別說，我真有些口渴了，於是坐到了沙發上給自己倒了一杯茶水，茶水溫溫的，喝了一大口，好香！

「怎麼樣？」她問我道。

「不錯，就是太溫了點，茶要燙一些喝起來才夠味。」我說，隨即又去給自己倒了一杯。

「那你等等，我去給你燒一杯鮮開水來。」她說，轉身朝裏面去了。

其實我也只是說說而已，想不到她竟然當真了。不過她這茶確實不錯，味道與我以前喝過的茶完全不一樣，入口後有著一縷清香。

她出來了，手上是一個開水器，她將茶壺加滿了水，隨即在我面前坐了下來。她睡衣下面的腿白皙而光潔，我忍不住去看了一眼。

她朝我在笑，腿微微地張開了些，我禁不住又去看了一眼，頓時熱血沸騰：她沒有穿內褲！

我是婦產科醫生，本來對女性的那個部位不會輕易出現現在這種狀況，但是這一刻我卻偏偏出現了，而且來得竟然是那麼的猛烈。

她看著我在笑，媚眼如絲。「馮笑，想要姐了吧？」

「姐，我……」我吞咽了一口口水。

「來吧，姐給你。」她說，就在沙發上，她張開了她的雙腿。我情不自禁地朝她走了過去，褪下自己的褲子，然後準備進入。可是，我發現沙發低矮了些，我不得不跪在地上。但是，跪下去後卻又發現沙發高了些，很不好操作。

她在「吃吃」地笑，「別急，我趴著。」

這次我來得極其猛烈，速度和動作都是這樣，但是時間很短。當我一泄如注之後，她隨即站了起來，踉蹌了幾下，「你好厲害，我，我又得去洗澡了，一會兒洪雅那丫頭就要回來了，我們得把事情說了。」

「姐，究竟什麼事情啊？」我問道。

「別急，等我去洗洗再說，洪雅那丫頭很懂事的，不會這麼快回來。我可不想懷上你的孩子，現在我可是單身，懷上孩子了的話，別人會說閒話的，而且我身體也受不了。哎！當女人真麻煩。」她說完後就朝裏面去了。我急忙地穿上褲子，然後坐回到沙發上開始喝茶。我又感到口渴了。

不一會兒她就出來了，她竟然換了睡袍，穿上了厚厚的睡衣睡褲，暗紅色的，上面有黃色的碎花，腳上也穿上了襪子。我頓時明白了：她剛才的裝束完全是為了引誘我。

她依然坐在了我面前，「說吧，打電話給我有什麼事情？」

「宋梅死了，被人打死的。」我說，然後去看著她。

她吃驚了一下，「什麼時候的事情？」

「就是今天晚上，九點過的時候，我接到了宋梅現在女朋友的電話，她告訴我說宋梅被人給打了，是斯為民的手下。今天宋梅和斯為民在一起吃飯，不知道為什麼兩個人吵起來了。結果斯為民的一個手下就用白酒瓶砸在了宋梅的後腦上。我在去往醫院的途中給急診科打了個電話，他們告訴我說宋梅經搶救無效已經死亡了。後來我到了醫院，發現那裏有好幾個員警，他們正在調查這個案子。我當時就想，斯為民和宋梅都與你們民政廳的那個專案有關係，所以很擔心這件事情牽扯到你。於是就急忙給你打了個電話。」

我慢慢將今天的事情講述給了她。本來，先前我給她打電話被她掛斷後心裏就有著一絲懷疑：為什麼她不願意接我的電話？難道她知道了這件事情？如果真的是這樣的話，那可就太可怕了。幸好從剛才她的表現來看，似乎並不知道這件事情，我的心裏頓時鬆了一口氣，我現在才發現自己太敏感了。

「怎麼會這樣？」她低聲地、喃喃地道。

我現在倒是不再想去談宋梅的死因了，因為那已經成為了現實，我現在最擔心的是常育的事情，「姐，這件事情對你會不會造成什麼不好的影響？」

她搖頭，「前幾天我已經找斯為民談了，我對他說，專案既然是朱廳長在的時候簽的約，那就不可能更改了，他當時還很高興的。我估計問題是出在宋梅那裏。

他肯定在聽斯為民說了後心裏不舒服，然後就和他爭吵了起來，還可能宋梅手上有了斯為民的什麼把柄，所以才會造成這樣的結果。對了馮笑，宋梅給了你錢沒有？」

「他給了我一張卡，說那裏面有一百萬，但是我從來沒有去看過裏面究竟有多少錢，而且前幾天我已經把卡交給了莊晴。因為我發現宋梅曾經答應了我的事情好像並沒有去做，所以我覺得他可能反悔了。我擔心事情不成會造成不必要的麻煩。」我說。

她點頭，「馮笑，你這個人就是這點好，你不貪財。但是你最大的問題是識人，別人稍微在你面前說些好話，或者給你一點好處就心軟。你看，宋梅是你介紹給我的吧？這下好了，出問題了吧？幸好我有思想準備，在幾經思考後才斷然決定放棄他，不然的話，這次我可脫不了手啦。」

我很少惶恐、汗顏，「姐，對不起。」

「誰叫你是我弟呢？誰讓我那麼喜歡你呢？我這一輩子喜歡的人沒幾個，現在最喜歡的就是你了。沒辦法，這都是前世的冤孽啊。哎！」她歎息著說，隨即看著我嫣然一笑，「馮笑，這件事情你就不要管了，其實這樣也好，宋梅死了，你也輕鬆了不是？我那裏也好辦了，我不可能再讓斯為民接手那個專案了，一切麻煩的事情都沒有了。這難道是天意？對了，你這件事情做得很對，及時地把那張卡交給了莊晴，看來這也是天意啊。」她笑著對我說。

我覺得也是，想不到自己前些天的那個念頭，竟然為自己免除了如此的麻煩。幸好自己從來就有的那個原則：君子愛財，取之有道。

忽然，我想起了一件事情，「姐，萬一要是斯為民在這時候反咬你一口呢？他如果說你根本就沒有和他談過那件事情，怎麼辦？」

這時候，我忽然想起了自己曾經給她出過的那個主意：我讓她試探一下斯為民，打草驚蛇。幸好她沒有使用我的那個建議，不然的話現在可就麻煩了。

她大笑，「我找他談話的時候，我們廳有位副廳長也在啊，還有我們的辦公室主任也在場呢。」

我頓時放心了，「這樣就好。」

「對宋梅這個人我一直不大放心，所以我和他的談話都錄了音的。所以，這件事情對我沒有任何的影響。不過你自己倒是要注意了，你的那個小情人那裏不要出問題才行。」她隨即提醒我道。

「她那裏會出什麼問題？」我問道。

「萬一她說出你曾經拿了宋梅的錢呢？」她說。

我搖頭，「第一，我只是拿到了那張卡，裏面究竟有多少錢我根本就不知道。第二，現在那張卡根本就不在我手上，所以我不擔心。」

她卻在搖頭，「問題的關鍵不在這裏，關鍵在那張卡上的名字是不是你，你明白我的意思嗎？」

「這……」我頓時瞠目結舌起來。

「當然，你也可以說那是宋梅一廂情願，還可以說你根本就沒有拿到過那張卡，因為你從來沒有去查看過裏面有多少錢，這就是證據。要知道，如果你去查看過的話，銀行會有記錄的，即使是櫃員機也會有記錄，幸好你這人大大咧咧的，說到底還是你不貪財。」她笑著說。

我看著她，心裏猛然地跳出一個可怕的念頭來，「姐，萬一我拿了他的錢，而且還花出去了，那你會怎麼辦？」

「什麼怎麼辦？那是你和他之間的事情，和我又有什麼關係？難道你會在員警面前承認與我的這種關係？只要這一點不成立，其他的都好說。你說是不是這個道理？」她說道。

我恍然大悟，連連點頭。

「那個小陳為什麼還不到我那裏來？」她忽然地問道。

「現在她很猶豫。林易最近搞了一個孤兒院，他希望陳圓去那裏負責，待遇給得很不錯。」我說。

「哦，這事情是得好好權衡一下才是。」她點頭道，即刻笑了起來，「你看，這是不是天意？如果小陳到我們那裏來上班了的話，別人肯定會從這條線找到我和你之間的關係的。不過也無所謂，我是你的病人嘛，我為你辦這麼件小事情，還是可以說得過去的，你說是不是？」

我點頭，發現她還真的滴水不漏，她能夠當上副廳長看來並非完全是靠關係。

「其實我倒是覺得小陳去林易那裏比較好，孤兒院的工作很單純，小陳有個最大的問題就是她太單純了，我擔心她到我們單位來會不適應。」她接下來又說。

我點頭，「是啊。」

這時候她的電話響起來了，「回來了？幹嘛打電話？直接按門鈴不就行了？你這個鬼丫頭！哦？也行，酸菜雞就酸菜雞吧，行，我們談完了，你快點回來吧。我還真的餓了。」

我聽她說到「酸菜雞就酸菜雞吧」的時候，心裏頓時騰了一下，因為我聽到的是另外一層意思，見她似乎並沒有注意到自己那句話的別意，心裏不禁自責：馮笑，你真的變壞了。

幾分鐘後洪雅就到了。我這才明白她剛才打的那個電話原來另有深意：酸菜雞哪有可能這麼快就做好了的？高壓鍋要把雞壓熟都得半小時呢。很明顯，她是不想破壞了我和常育的好事，所以才特意用那個電話來試探我們的進度。其實她很尷尬的，如果直接回來，摁門鈴與不摁門鈴都不好。這個女人確實聰明，從小事情上就可以體現得出來，我不禁在心裏感歎。

常育顯得很高興，所以她喝了不少的酒。洪雅端回來的酸菜雞味道也很不錯，還配了一些小菜，很豐盛。

三個人說說笑笑，一邊吃著東西一邊喝著酒，酒到半酣的時候我的電話響起來了，是莊晴，「你在什麼地方？」

「我在外面。」我說，急忙離開了飯桌。

「出了這樣的事，你竟然跑了。馮笑，你很過分，你知道嗎？」她憤憤地道。

我頓時慚愧，「你還在醫院嗎？我馬上回來。」

「回來不回來隨便你，你看著辦好了。」她說，猛地壓斷了電話。我回到了飯桌處，尷尬地看著常育和洪雅，「姐，我，我得回去了。」

常育看著我笑，「得，你成了香餑餑了。行，你回去吧。洪雅，你送他出去。

到了外面後讓他自己搭車。馮笑，你得儘快去學會開車，你看，這多不方便？」

「走吧，我開車送你出去。」洪雅即刻站了起來。

「常姐想得真周到。」上車後洪雅笑著對我說。

我不解地看著她。

「她是不想讓你的那位小情人看見我送你，怕她吃醋呢。」她笑著說。

我頓時不好意思起來，「你別這樣說。」

「真的，你去接電話的時候，常姐笑著對我說的，她還說……」她笑道，臉紅了起來。

我詫異地看著她，「她還說什麼？」

「不給你說了。」她說，發動了汽車。

我的好奇心被她給撩撥了出來，「洪雅，你說說嘛，她究竟還說了什麼？」

她看著我笑，「除非你叫我姐。」

我哭笑不得，「我可比你大！」

「不一定。」她說。

「我三十歲。你呢？」我笑著問她道。

「你叫我姐吧，叫了我就告訴你。」她依然在笑，車已經快到社區的大門了。

我知道她肯定比我小了，不過我太想知道常育後面還說了什麼話了，「好吧，我叫你姐就是，說吧。」

「叫啊？」她看著我笑。

「不是已經叫了嗎？」我說。

「那不算。」她說，去刷卡，車已經開出了社區，然後停下。

「算了，你愛說不說。」我實在叫不出口。

她看著我，「你叫我一聲姐就那麼困難嗎？我給你說啊，我可比你大兩歲。」

我根本不相信，「不會吧？」

她摸出了駕駛證，「你自己看吧。」

這下我可不好意思真的去看了，因為她這樣做了就表示她說的是真的了。「好吧，今後我就叫你洪雅姐。」

「乖弟弟。」她頓時笑了起來，收回了駕駛證，來到我臉上親吻了一下，「馮笑，常姐剛才說，她說今天最遺憾的是你陪不了我了。嘻嘻！這幾天你得抽時間給我補上。」

我的心「噗噗」直跳，因為她白皙嬌媚的面容對我產生了巨大的誘惑力。

「好。」我說，「我走了。」

「你是男人，說話要算數啊。」她笑。

我慌忙下車。

到了醫院急診科時，發現莊晴已經不在了，床上只有鍾燕燕。她已經醒了。

這時候我覺得自己對她太冷漠了些，於是坐了下來，就坐在前面莊晴睡著的這張床上，「小鍾，今天晚上吃飯的時候，你在嗎？」

「莊晴呢？」我問她道。她搖頭。

她點頭，眼淚在往下流淌，「我在的，我剛剛上廁所回來，就聽到他們在開始吵架，這時候一個男人跑了進來，他大聲叫了那個姓斯的一聲後，就拿起桌上的酒瓶朝宋梅的腦袋上砸了下去。宋梅當時還站了起來，搖搖晃晃幾下後就倒在了地上。太，太可怕了，我當時就嚇蒙了。這時候酒樓裏面的服務員驚叫了一聲，其他的人就跑了進來，那個砸宋梅的人早就跑了，姓斯的好像也嚇壞了，他也跑了。這時候才有人報警，還有人叫救護車。馮大哥，他，他真的死了嗎？」

我歎息，「小鍾，你節哀吧，事情已經發生了，你要面對現實。你要相信，兇手一定會伏法的。」

說出了這番話後，我才發現自己的話太官方語言了，但是卻又找不到更好的話去對她說，「小鍾，我和宋梅還算是朋友，今後你有什麼事情的話可以來找我。我還有事情，這裏的醫生我很熟，我也給他們打了招呼了，他們會好好關照你的。」

我柔聲地對她說道。

「我不想待在這裏了，我要回家。」她掙扎著起來，「馮大哥，麻煩你幫我把這個東西拔了吧。」

我猶豫了一下，「你等等，我去幫你叫護士。」說完後我就出了留察室，找到護士後對她說：「你去給她把輸液管拔了吧，她好了。」

「她還沒有繳費呢。」護士說。

「多少錢？」我問道。

「莊晴的就算了，她是我們本院的。但是這個人……錢也不多，幾十塊錢。」

護士為難地說。

我拿出一百塊錢給她，「麻煩你幫她把費交了吧，謝謝你。」

「怎麼不拿錢？你的熟人啊？」護士問我道。

我點頭。

「那算了吧，我給值班醫生說一下，反正就是幾瓶鹽水。」護士說。

「你拿去交了吧，我不想讓你們為難，沒事的。我們是一個醫院的，互相應該理解。」我說，隨即離開了急診科。

出去後給莊晴打電話，電話通了，可是她沒接。我頓時慌亂起來，於是繼續撥打，一次次撥打她卻都沒有接聽，我心裏頓時緊張了起來，急忙給陳圓撥打過去。

「哥……」電話林傳來了陳圓高興的聲音。

「你莊晴姐回來了沒有？」我問道。

「回來了，她剛剛回來，我叫她但是她不理我，現在她把她自己關在自己的房間裏面呢。」她回答，隨即問我道：「哥，究竟出什麼事了？宋梅怎麼樣了？你趕快回來啊，我很擔心莊晴姐……」她的話像機關槍一樣往外冒，這是我第一次聽到她這樣說話。

「我馬上回來。」我說完就掛斷了電話，然後快速地朝馬路邊跑去，猛然地，我聽到身後傳來了一個聲音，「馮大哥……」

我急忙轉身，看見鍾燕燕正站在不遠的地方在看著我。

「你要回去是嗎？」我問她道。

她點頭。

我忽然想起一件事情來，「員警不是要你去做筆錄嗎？」

「已經做過了，就在醫院裏面。」她說。

「你早就醒了？」我問道。

她點頭，「馮大哥，你說，我現在怎麼辦啊？」說完後又哭。

「你們結婚了沒有？」我問道。

她搖頭，「正說去辦結婚證呢，可是，誰知道會出這樣的事情啊？嗚嗚！」

沒結婚不是更好嗎？我在心裏想道，不過卻沒有說出來。「小鍾，你現在有什麼困難嗎？你家在本市沒有？」

「他不在了，他公司的那些事情怎麼處理啊？我什麼都不知道。」她說。

「宋梅不是有父母嗎？這件事情他父母可以處理的吧？」我說，忽然發現她的臉色不對勁，頓時明白了：她對我說了半天，結果也是為了宋梅的財產啊。她沒有和宋梅結婚，所以就不會有繼承權。

想到這裏，我心裏忽然感到膩味得慌，頓時也覺得這個女人不再那麼值得同情了，「我得走了，你節哀吧。」

再也沒有回頭，直接去到馬路邊搭車。

剛剛走到門口的時候，陳圓就給我開了門，她臉上是驚喜的笑容。

「今後別這樣了啊，萬一不是我，是壞人呢？」我責怪她道。

「你的腳步聲我很熟悉了。」她說。

「你一直在門口處等我？」我問道。

她點頭。我心裏頓時升起一股柔情，「她呢？」

「在裏面，剛才好像在哭，現在又沒有聲音了。」她說，隨即問我道：「哥，宋梅沒事吧？」

我歎息道：「死了。」

「啊?!」她驚呼了一聲，滿臉的驚駭。

我輕輕拍了拍她的後背，「你去休息吧，我去勸勸她。」

「不，我不放心莊晴姐。我敲了幾次門了，她都不理我。」她說。我沒有強迫她去休息，隨即去到莊晴的房門處開始敲門，「莊晴，你開開門好嗎？不要這樣啊，我知道你現在心裏難受，但是你不要把你自己關在裏面啊。心裏難受你就大聲哭出來吧，好嗎？」

裏面沒有聲音，我心裏頓時慌了，去拉把手、推門，發現她從裏面反鎖了。

「喂！莊晴，你快開門啊，不然我就把門給踢開了啊，聽到沒有？」

裏面還是沒有聲音，這下我頓時沒轍了。很想踢開這道門的，但是卻又有些猶豫：現在她心情不好，這樣做不是惹得她更生氣嗎？可是，萬一她在裏面出事情了呢？而且，這可是高樓啊。

我去看陳圓，她卻也正惶然地在看著我，「哥，怎麼辦？」

我再次去敲門，「莊晴，你開開門啊。你一個人在裏面我和陳圓都很擔心呢。你開開門好嗎？求你了。」

猛然地聽見裏面傳出了腳步聲，心裏大喜，屏氣等待她開門。

門，被她打開了，我眼前出現的是她紅腫的眼睛，她神情黯然。「莊晴……」

我驚喜地看著她，準備過去將她擁住。

然而，讓我萬萬沒有想到的是，就在我走近她、正準備朝她伸出手去的那一瞬間，她猛然地抬起手來狠狠地給了我一個耳光！

我頓時懵了，身旁的陳圓也發出了一聲驚叫，「莊晴姐，你幹嘛打我哥啊？」

一瞬之後我才反應了過來，「莊晴，你怎麼了？幹嘛打我？」

「我打的就是你這個無情無義的人！」她冷冷地對我道。

我更加不解，「我怎麼無情無義了？」這時候才感覺到臉上傳來一陣火辣辣的疼痛。她剛才使的勁真大。

「你自己應該明白！」她依然冷冷的，轉身準備進屋關門，我急忙地將門推住，心裏似乎明白了，「莊晴，我是臨時有急事，暫時離開了醫院。真的，那時候你已經昏迷了，我特地跟值班醫生講了的，請他好好照顧你。」

「是嗎？」她冷冷地看著我，眼神裏露出的寒意讓我不禁打了一個冷顫，「你竟然去喝酒了。怎麼？宋梅死了你很高興是吧？所以迫不及待地去慶祝了是吧？」

我心裏暗自叫苦，「莊晴，我……我不是你想像的那麼無恥，宋梅出了這樣的事情我心裏也很難受的。這不？我剛才才去了醫院的，可是我發現你已經不在那裏了。對了，那個小鍾還在呢。她輸液的錢……算了，我不說這個了。那個鍾燕燕根本就不是宋梅想像的那麼好，算了，我也不說這個了。莊晴，我，我今天晚上確實……哎，你說得對，是我做得不對。」說到這裏，我不禁頹然。我發現自己真的找不到任何理由替自己分辨，所以結結巴巴地說了一通毫無意義的話。而且，現在我才發現自己對宋梅的死並不感到悲哀。

「鍾燕燕怎麼不是宋梅想像的那樣了？」莊晴忽然地問我道。

我這才發現自己剛才慌不擇言，說了不該說的話來。「這……」

「馮笑，你還是不是男人？如果你是男人的話，就不要像這樣結結巴巴的。」她冷冷地道。

我很無奈，「那個鍾燕燕，現在想到的竟然是宋梅的財產。哎！」

她驚訝地看著我，隨即神情再次變得黯然起來，嘴裏低聲地說道：「宋梅，我還以為你真的找到了最適合你的人呢。想不到你這麼聰明的人還是會出錯啊？這下好了，你聰明得把命都給丟了。報應！」

我聽見她這樣喃喃地說話，而且眼神發直，心裏再次慌亂了起來：她不會因為宋梅的死出現精神上的問題吧？於是急忙地對她道：「莊晴，事情已經發生了，你一定要想開一些。好嗎？」

她抬起頭來看著我，眼睛依然在發直，「馮笑，我要喝酒。」

我一怔，頓時為難起來，「這……」

「馮笑，你他媽的聽到沒有？我要喝酒！」她猛然地歇斯底里起來。

我頓時慌亂，「好，我們喝酒！陳圓，家裏還有菜沒有？還有酒沒有？」

「有，我馬上去準備。」陳圓也慌亂了。

第十章

今後的關係

第一次我們也是在這裏，那時候的她根本就不愛我
時過境遷，現在的一切都改變了，
而我卻明明知道她心裏最愛的人依然是宋梅。
如果她真的說出來她並不愛我的話，我該怎麼辦呢？
我該怎麼去對她說話、又如何去處理我們今後的關係呢？

我和莊晴在喝酒，陳圓在旁邊看著。莊晴連續喝下了好幾杯，卻沒去吃一口菜。我急忙給她夾了幾樣菜，「吃點東西，不然很容易醉的。」

她斜眼看著我，「馮笑，你是不是男人？怎麼看著我喝酒你自己不喝？」

我急忙地道：「我喝，我喝！」

隨即連續喝下了幾杯，胃裏面開始翻騰起來，我急忙對陳圓道：「去給我倒杯茶來。」

陳圓給我倒了一杯茶，同時給莊晴也倒了一杯。「陳圓，你去睡覺吧，這裏的事情你就別管了，聽話啊。」我即刻對她說。

「哥……」她為難地看了我一眼。

「聽話！」我的聲音嚴厲了些。

她這才離開了。

「馮笑，你憑什麼這樣去對陳圓說話？她有什麼地方對不起你？」這時候莊晴卻冷冷地對我說了一句。

剛剛走到房間門口處的陳圓即刻轉身，「莊晴姐，你不要這樣說我哥。」

莊晴說道：「陳圓，你不要這麼慣他，不然他根本就不會珍惜你！男人都是這樣，你對他越好他就越不在乎你。你太單純了，你不懂！」

莊晴隨即打了一個嗝，手在半空中亂晃，「你去睡吧，今天我得好好教育一下這個男人。無情無義，不是東西！」

陳圓來看我，我心裏不禁開始生氣，所以也就沒有理會她。

「莊晴，你說說，我哪裏無情無義了？行！我無情無義，我走，我走還不行嗎？你以為我想看到現在這種事情發生啊？真是的！」說完後我就站了起來，轉身準備離開。

「馮笑，你真不是男人！我，還有陳圓，我們把什麼都給你了，難道幾句話你都承受不起？我，我真傻啊？真傻啊！哈哈！」就在這時候，莊晴卻猛然地發出了大笑聲，伴隨著她笑聲的還有哭泣。

我頓時僵立。

「馮笑，你，給我回來坐下！除非你今後不再要我了。」莊晴的聲音小了一些，哭泣聲卻在加重。

我慚愧萬分，緩緩地轉身。

她並沒有來看我，她在喝酒。陳圓在給我使眼色，意思是讓我坐回去。

我坐了回去，「莊晴，對不起。你如果不高興的話，就打我吧。」我柔聲地對她說。

她伸出了她的手，緊緊地抓住我的手腕，我猛然地感覺到一陣劇烈的疼痛，就在我的手腕處。我看見，她的指甲深深地掐進了我的肌膚裏面……

我忍著劇烈的疼痛，另一隻手去端起酒杯喝下。這一刻，我忽然感覺到自己手上傳來的疼痛，讓我有了一種欣快的爽意。

她放開了我的手，我的手腕處已經是鮮血淋漓。陳圓發出了驚叫聲。我朝她擺了擺手，「沒事，你去睡吧。莊晴，來，我們喝酒。」

一瓶酒很快就喝完了，這瓶酒她喝了大半。她大醉。

「我再去拿一瓶。」我說，隨即站了起來。

當我從她身邊經過的時候，忽然被她給抱住了，「馮笑，我不想活了……嗚嗚！馮笑，我真的不想活了……」

現在，我才真切地感受到了莊晴對宋梅的那種感情。

也許在以前她自己也沒有感受到她自己對他用情如此之深，但是現在，一旦宋梅離開了這個世界，完全地從這個世界消失了的時候，她內心的那種刻骨銘心才猛然地、完全地釋放了出來。

只有失去了才知道有些東西的珍貴。

這句話雖然太陳舊，但它永遠都是人們無法擺脫的惡咒。

我不也是如此嗎？以前，我是那麼的不珍惜趙夢蕾，直到現在，直到她離開了我，這時我才感受到了分離的傷痛。

雖然我的個人生活比較混亂，但是說實話，在我的內心裏曾經對她有過的那種珍惜感，也就在現在才完全地呈現出來。

男人和女人不一樣，男人的情感往往容易與自己的肉體發生分離，內心的愛與感官的需求往往會不同步、會發生分離。

正因為如此，這個社會上嫖娼的男人才會那麼多，也正因為這樣，我們醫院裏面的泌尿科才會出現人滿為患的狀態。

當然，女人也會出現這樣的情況，但這樣的情況畢竟比男人少得多。

我覺得莊晴與宋梅的感情，與我和趙夢蕾的情況雖然不盡相同，但主要的一點是一樣的，那就是：他們之間曾經有過真情，或者至少莊晴對他有過真情。

現在想來，似乎在有一點上，我和宋梅好像是同一類人——我們的個人生活都比較混亂。

但是我和他有一點不一樣，那就是我不會為了錢財而捨棄自己的愛人。即使我不愛對方，也不會那樣去做。

我想，這應該是做人最起碼的原則吧？

莊晴，她現在已經醉了，她匍匐在飯桌上面，但是她在哭泣。

「莊晴，去休息了。來，我扶你進去。」我柔聲地對她說。

這次她很聽話，因為她沒有反對，她繼續在哭泣。其實，剛才我的那句話只是一種試探，因為她今天的脾氣有些暴烈，所以讓我在她面前不得不小心翼翼。

她沒有說話，哭泣聲也小了許多，這就表示她同意了我的提議。所以，我站了起來去到她身旁，再次小心翼翼地問了她一句：「莊晴，我們去休息吧，好嗎？」

她終於說話了，聲音帶著悽楚，帶著哭泣，「馮笑……」

我心裏在歎息，同時有了一種酸酸的感覺，俯身去將她抱起，「走吧，我們去睡覺，事情已經發生了，但是你的生活還得繼續下去不是？」

她伸出手環抱住了我的頸項，用她的臉緊貼住我的臉，我頓時感到自己的臉上一片潮濕。

「馮笑，我心裏好痛……」她說，隨即「嗚嗚」地哭了起來。

我的心裏頓時有了一種酸楚的感覺，因為她撩撥起了我內心的傷痛，因為我想起了趙夢蕾。

輕輕將她放在了床上，將被子拉扯過來輕輕給她蓋上，用手拭去她臉上的淚痕，「乖啊，好好睡一覺。」

「你別走……」她說，聲音柔柔的，依然帶著哭泣。

「我去給你拿熱毛巾，我給你洗洗臉。」我柔聲地對她說。

她不說話了，我歎息了一聲後出門。

「哥……」出門後就看見了陳圓，她在她房間門口裏朝我做手勢讓我進去。

「幹嘛？」我進去後低聲地問她道。

「莊晴姐不會出事情吧？」她問道。

我搖頭，「現在看來不會了。她心情不好，發洩了就好了。」

她看著我，「哥，你真好。」

我苦笑，「我不好，今天的事是我不對，在那樣的情況下我不應該離開她。」

「哥，我睡了啊，可以去睡你的床嗎？」她問我道，大大的眼睛裏帶著期盼。

「當然可以。」我微笑著對她說，「不過今天我不能來陪你了，你莊晴姐這個樣子，我不大放心。」

她有些失望的樣子，「那算了，你那床太大了，我一個人睡會很冷。」

我輕撫她的秀髮，「乖啊，今天你就一個人睡吧，你代表我給孩子多說幾句話。」

陳圓頓時笑了起來，「我已經說過了。我說：寶寶，你爸爸現在沒空呢，一會兒他會來和你說話的。要不你現在就給他說幾句吧。」

我不禁笑了起來，「現在多少時間了啊？孩子早睡著了。乖，你去休息吧。」

她這才依依不捨地去到了床上，我有些不忍，隨即去到了她的身邊，俯身去她額頭上輕輕一吻。她笑了，甜蜜地笑了。

我再次歎息，不過這次的歎息是在我的心裏。

給莊晴洗了臉，然後去把餐桌上面的東西收拾乾淨、洗碗……做完了這一切後才去洗澡，穿上睡衣後去到莊晴的房間。

到了她門口的時候我猶豫了，我覺得自己現在不應該去打攪她，應該讓她一個人靜一靜。隨即轉身，去到了自己的房間。

躺在床上，我看著天花板無法入睡。今天經歷的這一切來得太忽然了，讓我有一種恍若如夢的感覺。

當我在醫院裏面看見宋梅屍體的時候，就相信了他已經死亡的現實，但是到了這個時候，我卻忽然不大相信這一切了。

我很懷疑這是一場夢。

在醫院裏面我經常會接觸到死亡，但以前所接觸到死亡的時候總是會很麻木。生老病死，這是自然規律，作為醫生來講，是把病和死緊密地聯繫在一起的。現在我忽然想到了一個問題：假如當初陳圓就那麼一直沉睡過去、一直到她生命的消失的話，我會有什麼感覺？

猛然地，我覺得自己今天有些不大對勁了——馮笑，你怎麼會去想這樣一個莫名其妙的事情呢？她不是好好的嗎？不是好好地睡在你旁邊的屋子裏面嗎？而且她的肚子裏還有你的孩子呢。

制止住了自己繼續去想陳圓的事情，但是宋梅死亡時那種可怕的模樣，卻再次浮現在我腦海裏。

現在我發現，自己是第一次在醫院裏面對人的死亡感到震撼。當然我知道其中的原因：自己和宋梅太熟悉了，當一個自己熟悉的人忽然在自己面前變成了一具屍體的時候，肯定會不一樣的。

宋梅死了，他以前的音容笑貌已經不再，留下的僅僅是一具軀殼，這時候的他與其他動物沒有任何的區別，就是一具有骨頭、有肉的屍體。

他生前是那麼的聰明，那麼的具有雄心壯志，可是一旦生命失去之後，那一切都隨風散去了。而他留下的卻是莊晴無盡的傷痛，還有我的感歎。

歎息了一聲後，關燈睡去。

迷迷糊糊中，我感覺有人來到了我的身旁。

我不知道是陳圓還是莊晴，不過，我很自然地去將旁邊的她攬入到自己的臂彎裏，頓時感受到了她對我的依賴和溫柔——她的身體完全地依偎在了我的懷裏，就好像一隻溫順的小貓。

迷糊中我輕輕地拍打了她的後背，頓時明白了她是誰。莊晴。

莊晴比陳圓要瘦弱一些，她的後背不像陳圓那麼柔軟。「莊晴，我不想打攪你，我想讓你一個人好好靜一靜。」我頓時醒了，輕聲地對她說道。

她在說話，確實是莊晴的聲音，「你一點不生我的氣？」

我輕輕地攏了攏她的身體，「我怎麼會生氣呢？你面臨這樣的事情，你傷心、悲痛，這說明你對他是一片真情，像你這樣重情的女人，我豈有不尊重的道理？」

「馮笑，謝謝你。今天是我不好……」她說，親吻我的臉頰。

「是我不好，我不該在那時候離開。即使我再有理由也不該在那種情況下離開的，現在我很後悔。」我歎息著說。

她用她的小手來捂住了我的嘴巴，「馮笑，你別說了。今天我心情不好，我不該打你。對不起。」

我擺脫了她的手，「莊晴，早點休息吧，或者你明天就不要去上班了，你給護士長打個電話請假就是了。不就是扣獎金嗎?請假一天扣不了多少的。」

「你陪我，好嗎？」她問道。

我想了想，好像明天沒有安排手術，「行，我給秋主任請一天的假，我陪你。你想去幹什麼我都陪你。」

「我還是想去我和你第一次去的那個地方，可以嗎？」她問道。

我點頭，「行，那我們早點睡覺吧。」

她卻在我耳畔幽幽地說道：「我睡不著，我眼睛一閉上就老是會出現宋梅的樣子，會看見他滿臉都是血的樣子，我還害怕……」

「現在有我在呢，你睡吧，不然明天我們出去的話，你怎麼有精神？」我抱緊了她然後對她說道。

「親親我。」她說。

我這才睜開了眼睛，發現黑暗中她的眼仁晶亮晶亮的，那是窗外傳來的光線的反射。原來她真的一直沒有閉眼。心裏柔情頓起，側身，摟住她柔軟的腰，親吻她的唇。

她似乎有些遲鈍，因為她的唇微微地張開著卻沒有反應，我的手去到了她的胸前，那兩處柔軟的地方，輕柔地揉搓……

她的唇慢慢地有了反應，開始來迎合我的舌。我的舌尖感覺到了她舌尖的顫抖，我的耳朵聽到了她呼吸的加快。她的身體在復甦，在扭動，我開始溫柔地褪去她身上的睡衣，還有她的睡褲，她溫暖嬌柔的身體緊緊與我纏繞……

我的動作一直很慢、很溫柔，節律分明、清晰，她開始呻吟，我眼前她雙眼那兩點晶亮的東西消失了，她已經閉眼，我這才加快了節律，她的唇不再像從前那樣狂熱、急促，但是她的雙手卻在緊緊地將我擁抱……

這一次，也是我唯一沒有性愛激情的一次。我身下的她在不住地哀婉呻吟，而我卻有些索然無趣。但是我在堅持，堅持讓自己保持這樣的節律，堅持讓她的呻吟不至於衰減，我知道，現在的她需要這場性愛，需要通過這種方式去忘卻她內心的傷痛。

幾次有出現了噴射的欲望，但是我採用了停歇、去想其他的事情以轉移注意力等方式在竭力地延長我們的這個過程。

終於，我再也無法控制了，就在我將要噴射的那一瞬間，我離開了她的身體，我用自己的手緊緊地捏住自己的那個部位，然後快速地朝洗漱間跑去……我把自己身體裏即將要噴射出來的那些汙物排泄到了馬桶裏面。任務終於完成了。

回到床上的時候發現，她睡著了，因為我聽到她的呼吸聲很均勻，而且她的眼睛是閉著的。

上床後去摸了一下她的身體發現是赤裸的，但是我不想去替她穿上衣服。我不想驚醒她。

第二天很早我就醒來了，醒來後發現她還在沉睡。

輕輕地起床，輕輕地穿上拖鞋然後出去，輕輕地將房門關上。

「你起來了？」陳圓笑吟吟地問我道。我急忙給她做了一個手勢，「噓……」

她朝我做了個怪相，聲音隨即小了起來，「早上想吃什麼？」

我也小聲地說：「你做什麼我就吃什麼。」

她笑，「哥，我還是熬稀飯吧，冰箱裏有饅頭。嘻嘻！這樣說話好好笑，我一點都不習慣。」

我也笑，隨即提高了點聲音，「好吧，我們說話小聲點就是。」

「晚上你回來吃飯嗎？」她問。

「不知道呢，今天我要和你莊晴姐出去玩一天，到時候看情況吧。」我回答。

她忽然變得不大自然起來，看了我兩眼後轉身去到了廚房。

我猛然明白了：她對我有意見了，可能她在聽到今天我要和莊晴出去玩的事情後，有了想要和我們一起出去的想法了。

我開始想：叫她一起出去玩合適嗎？轉念一想，頓時苦笑：這件事情還是去問問莊晴的好，反正對我來說無所謂是不是？

陳圓出來了，我聽到廚房裏高壓鍋氣閥的聲音。「馬上就好了。」她笑著對我說，隨即問我道：「莊晴姐還沒起床？」

我去看了看我房間的那個房門，搖頭道：「不知道，讓她好好睡吧，她心裏面難受。」

本來想問她是不是想今天和我們一起出去的，可是因為我還不知道莊晴的想法，只好暫時放棄了這個念頭。

陳圓就站在我面前，她還是一副欲言又止的樣子。

我看著她，無奈的苦笑道：

「陳圓，我知道你在想什麼。不過今天的情況很特殊，你莊晴姐心情不好，不管怎麼說宋梅也是她以前的愛人，她對宋梅是有過真感情的，她心裏很傷痛，所以她提出來出去走走、散散心，我當然得陪她了。你說是不是？這樣吧，一會兒我悄悄悄問她，看她是什麼意見好不好？你想，假如我現在像宋梅那樣，你會是一種什麼樣的心情？」

她猛然地驚叫了一聲，「哥，你怎麼這樣說話？別，你別這樣說好不好？我不是什麼都沒說嗎？」

她神情驚恐，眼淚在眼眶裏打轉，一副淚眼欲滴的樣子，我這才意識到自己剛才的話嚇住她了，急忙地道：「呵呵！我只是打個比方。你看，我不是好好的坐在這裏嗎？哎呀！糟糕！你剛才的聲音太大了，會不會把你莊晴姐吵醒了？我去看看。」

說著我就去推開了房門，陳圓也跟在我身後。

「啊……」猛然聽見裏面的莊晴發出了一聲驚叫，隨即瞪著我大叫了一聲：「幹嘛忽然進來了？」

我當然知道她為什麼要驚叫了，「對不起，我以為你還在睡呢。」

她搖頭道：「我得起床請假啊，不可能讓你幫我請假是吧？」

我頓時無語。她確實說得對，我不可能幫她請這個假。如果我去給護士長說莊晴今天要請假的話，護士長不懷疑我們的關係才怪呢。不過，我今天和她同時請假好像也不大對勁吧？

我不好去提醒莊晴，只好從房間裏退了出來。

我準備去打開電視看看今天的早間新聞。我並沒有看新聞的習慣，因為我覺得那些東西距離我很遙遠，但是現在我太無聊了。可是，我正準備去往電視那裏的時候，卻聽到房間裏莊晴在叫我，「馮笑，你來一下。」

「你剛才在外面和陳圓說的話我都聽見了。」莊晴對我說。

現在，她已經穿好了內衣，發現我在朝著她胸前看，臉頓時又紅了，隨即「啐」了我一口，「看什麼看？沒看過啊？」

「看過，看過！摸都摸過呢。」我笑道，隨即將門關上。

她的臉更紅了，「幹什麼？」

我知道她誤會了我的意思，笑著小聲地對她說道：「我不想讓陳圓聽見我們說話。」說到這裏，我也忍不住笑了起來，「你還以為我要幹什麼？」

「討厭！」她瞪了我一眼，隨即也笑：「讓她和我們一起去吧。」

我看著她，不知道她這句話是不是她的本意，「莊晴，她去了，你就不像上次那麼好玩了。」

她看著我，眼裏是怪怪的笑：「你不是更好玩了嗎？」

我頓時語塞，「你……」

她的神情頓時黯然，嘴裏喃喃地說道：

「我終於知道為什麼要提倡一夫一妻了，女人多了男人顧不過來啊。而且，女人的愛被硬生生地分掉一部分出來，這種滋味真不好受。宋梅……我知道他以前為什麼會對我不好了，他也顧不過來啊。」

她好像是在自言自語，而我卻有些不知所措起來，因為我想不到她會在這時候說起宋梅來，而且她的話裏還帶有一種哀怨。

現在，我有些懷疑一件事情了——她，莊晴，她對我的感情是真的麼？

我相信一點，一個女人對某個男人用情過深後，就會對其他的男人不再感興趣。以前，莊晴是因為那個專案、因為錢才對我那麼好，當然，第一次是她為了報復宋梅。但是她的心一直在宋梅身上。

現在，宋梅死了，她也就沒有了依靠，所以我覺得她現在這樣做的目的，應該就只有一個：她需要一隻臂膀，需要一個可以依靠的人。而這個人就是我。也就是說，她現在可能是別無選擇地只好繼續跟著我了。

這讓我感到有些不大舒服，所以我很想借今天這個機會好好瞭解一下她的想法。所以我現在已經決定了：今天不讓陳圓和我們一起出去。

「莊晴，過去的事情你不要再想了好不好？早飯已經做好了，我們去吃飯吧，吃完了飯我們早些出去。」於是我對她說道。

「你叫陳圓和我們一起出去嗎？」她問道。

我搖頭，「下次吧，下次我們和她一起出去，今天我就陪你。我希望在今天後，你能夠忘記過去那些不愉快的事情。」說到這裏，我看了看時間，「快點打電話啊？馬上要到上班的時間了。」

「沒事，我已經給昨晚值夜班的江鈴發了簡訊了，她今天幫我代班。下次我還給她就是。你看，她回覆簡訊了。」她說，隨即去拿起手機看，「答應了。」

我覺得她的這個辦法倒是不錯，至少避開了護士長那一關。

她的問題解決，我隨即給秋主任打電話，打電話前開始猛烈地咳嗽，「秋，秋主任，我重感冒，咳咳！今天得請假。咳咳！」

「怎麼啦？你們年輕人的身體怎麼這麼差啊？」秋主任道，隨即關心地問我：「那你到病房來輸液好不好？」

有時候被人過於關心也是一種麻煩，我現在的情況就是這樣，她的這種關心給我頓時不好意思起來。

「秋主任，咳咳！沒事。咳咳咳！我已經吃藥了，估計睡一天就好了。晚上我去洗個桑拿，出出汗就沒事了。咳咳！」

「那好吧。小馮，上次你給我說的那件事情，章院長昨天找我去說了。算了，你生病了就下次再說吧。好了，就這樣了啊。」她說，在她說話的過程中，我用咳嗽聲去與她伴奏，一直到現在她掛斷電話，我才停止。

「哥，你裝咳嗽裝得好像！什麼時候你教教我。」陳圓在往桌上端飯菜，她笑著對我說道。

「男人喜歡撒謊，這是天生的。陳圓，今後你不要完全相信他的話。」這時候莊晴出來了，她笑著去對陳圓說。

我哭笑不得，「莊晴，我還不是為了陪你嘛。」

長途車上，莊晴依偎在我的懷裏。她似乎睡著了，我卻沒有一絲的睡意。現在，我的心緒很複雜。

早上在吃早餐的時候，我幾次想去對陳圓解釋，但是覺得實在說不出口來。莊晴好像有心思，她在吃飯的時候也不說話。

陳圓看看我、再去看看莊晴，幾次欲言又止。我看在眼裏，唯有在心裏歎息。終於吃完了飯，陳圓開始收拾碗筷。

「莊晴，你快去換衣服。」我對她說，她去到了她的房間，我趁機去到廚房。

陳圓正在水槽處洗碗，我從她的後面將她擁住，就在這一刻，她的身體猛然地顫抖了一下。

她頸後的肌膚白皙似雪，我禁不住去親吻了一下她的那處雪白，她的身體在癱軟，我用力將她抱住，「圓圓……」我輕聲地叫了她一聲，這是我第一次這樣叫她。

「哥……」她的聲音如泣如訴，哀婉動人。

「圓圓，乖啊。今天哥就不帶你去了，你莊晴姐的情況特殊。下次吧，下次我也單獨帶你出去玩好不好？」

她癱軟的身體頓時直立，「哥，我雖然不懂事，但是這樣的事情，我還是理解的，你們去吧。我當然想和你們一起去，因為我不想一個人待在家裏。」

「你工作的事情考慮好了沒有？究竟是想去當公務員，還是想去那家孤兒院？」我心裏大慰，於是問她道。

「哥，我聽你的。」她低聲地說。

「圓圓，」我發現，自己一旦這樣稱呼她後，就再也難以改口了，「很多事情你還是應該自己決定。人，特別是女人，對別人的依賴性太強了不好，什麼事情都要有自己的主見。你一個人到這個城市來，自己找工作，不也在這個城市裏面生存下來了嗎？」

「哥，別說以前的事情了好不好？」我感覺到她的身體又一次地顫抖了一下，頓時明白我剛才的話說得不大應該，因為我觸及到了她曾經的傷痛，急忙地道：「圓圓，我不說了，對不起。這樣，你告訴我，這兩份工作你最喜歡哪一個？先不要去考慮其他的因素，你只告訴我，你心裏面最喜歡哪一個工作就行了。」

「哥，我……我害怕去當公務員。」她說，聲音變得更小了。

我頓時明白了，「好吧，那你就去那家孤兒院吧。圓圓，你很幸福，我很羨慕你呢。」說完後我頓時笑了起來，這是一種高興、欣慰的笑。

「哥，為什麼這樣說？」她問我道。

「一個人能夠去做一份自己喜歡的工作，這就是最大的幸運和幸福啊。我們身邊的很多人，包括你的莊晴姐，他們都對自己目前的工作不滿意，還有很多人熱愛自己的專業，但是卻不得不放棄它去從事自己不喜歡的工作。你看，你多幸運？而且，待遇還那麼高，和我的收入差不多了，今後你會成為小富婆呢。」我說，隨即去呵她的癢。

她「呵呵」地笑，身體不住地扭動，「哥，你別呵我的癢，我最怕癢了……呵呵、呵呵！」

我放開了她，「圓圓，我今天給他們聯繫一下，讓他們來接你去看看那個地方，如果你喜歡的話，就決定下來吧，免得你老是一個人在家裏難受。現在你知道了吧？不上班也很痛苦的。」

「我一個人去啊？我有點害怕。」她弱弱地說。

「我讓那天我們一起吃飯的那個姐姐來接你。你發現沒有？那天晚上送你禮物的那個阿姨很喜歡你的，你說是不是？」我問道。

「嗯。」她說，「我聽你的。哥，我覺得自己好幸福，有你在真好。」

我心裏暖融融的，忍不住再次親吻了一下她的頸後。她的身體再次酥軟下去。我的身體頓時有了反應，於是用力去將她抱住，胯部緊緊地抵在了她的臀部上面。

「哥……」她的聲音在顫抖。

我開始狂亂起來，嘴唇狂亂地親吻著她的後頸，她的頭在往後側轉，我去接住了她的唇，我和她頓時親吻在了一起。

「你們……」這時候我猛然地聽見了莊晴的聲音，霍然一驚，急忙放開了懷中的她，陳圓羞愧得滿臉通紅，她不敢去看莊晴，低頭去繼續洗她的碗。我轉身訕訕地對莊晴道：「換好衣服了？」

莊晴癟嘴道：「你以為我是故意來破壞你們的啊？陳圓懷有身孕，你不能和她那樣。明白嗎？」

我汗顏無比，再次訕笑道：「那你來幫她洗碗，我去換衣服。」

「陳圓，你去看看我才買的那件衣服，你穿穿看合適不合適，我來洗碗。今後你不要沾冷水了，這樣的事情交給我。」莊晴說，隨即來瞪了我一眼。我訕笑著離開。

隨即給上官琴打了個電話，我把自己的想法告訴了她，她滿口答應，「太好了，馮大哥，你就放心吧。」

「關鍵是看她自己喜歡不喜歡。對了，你們那裏改造完成沒有？」我問道。

「完成了，已經收容了好幾個孤兒了呢，都是被遺棄的孩子。這件事情還全靠常廳長關照呢，所以很快就辦好了手續。」她回答說。

我笑道：「你們林老闆做好事，常廳長當然得支持啦。」

莊晴的頭靠在我的肩上，我們開始了與上一次同樣的旅行。不過今天不一樣了，因為我現在的身體不會僵硬，心裏不再惶恐。

長途汽車的雜訊很大，而且裏面充滿著難聞的氣味。車上沒有人說話，除了汽車的轟鳴聲之外，沒有任何的聲音。

我觀察了一下，發現車上的人們的表情都是木然的。頓時感受到了我和莊晴與這些人的不一樣：他們是為了生活而來坐的這趟車，而我和莊晴卻是為了心情。

我的手機猛然地響了起來，它的聲音很響亮，以至於影響到了車上的所有人。我發現，在我的手機鈴聲下，人們的表情開始變得豐富起來，他們的身體也不再像剛才那樣僵直。

我不禁笑了起來：剛才這些人完全像木偶一般，但是就在我手機響起的那一刻，他們頓時變得生動了起來。

我開始接聽電話，「誰啊？」莊晴也醒了，她問我道：「誰啊？」

電話裏傳來了一個聲音，「馮醫生，我是胡雪靜。」

我頓時反感起來，冷冷地問：「什麼事情？」

「聽說你生病了？」她問道。

我心裏更加不悅，很明顯，她已經去過我們醫院，或者現在正在那裏。「說吧，究竟什麼事情？」

「我想找你說件事情。」她說。

我心裏膩味得慌，「對不起，我身體不舒服。」

「我可以到你家裏來看看你嗎？」她卻在問，一點也沒有理會我冷淡的態度。

「不需要！胡經理，我們之間沒什麼說的吧？如果你要看病的話，醫院的門診天天是開著的，那裏有比我好得多的醫生。」我說，很想馬上掛斷這個電話，但是我在隱忍。

「馮醫生，我知道你對我有看法，對我們家斯為民也有看法，但是，你給我一點時間好嗎？我真的有事情找你。」她說。

「胡經理，你不覺得你很好笑嗎？事情都到這個樣子了，你再說這些又有什麼意思呢？」我歎息著說。

「我們家斯為民是被人陷害的。那個打人的雖然是我老公公司的人，但是他並不是我老公指使的啊？真的，請你相信我。」她說。

我差點大笑起來，「胡經理，你找錯人了吧？這件事情你應該去對員警講。」

「他們不聽。那個人逃跑了，現在我老公啥也說不清楚了，所以……」她正說著，莊晴一把從我手上將手機搶了過去。

「姓胡的，你男人就是兇手，你這個噁心的女人，竟然還好意思打電話來！你全家都不得好死！……」

車上的人都在詫異地朝我們看過來，我也不禁駭然，急忙去把手機奪了過來，趕快掛斷。

莊晴很激動，「還敢打電話來！你們看什麼看？沒見過啊？」

車上的人都尷尬地收回了他們的目光，我頓時感覺到車上的尷尬氣氛。「莊晴，何必呢？這樣的人不理她就是了。」我柔聲地對她說道。

她依然在激動，嘴巴動了動卻沒有再說話，不過她胸前起伏得厲害。

我去握住了她的小手，「莊晴，今天我們出來是為了散心，別理那些事情。」

「她臉皮真厚啊。以前因為專案的事情來接近你，現在竟然還好意思給你打電話。我問過陳圓，這個女人在陳圓沒去她那裏上班後，竟然一次電話都沒打過。什麼人呢這是！」她依然憤憤地說道。

我頓時笑了起來，「你看看，怎麼又生氣了？她既然是這樣的人，你幹嘛還和她計較？不值得嘛。你這樣生氣，不是自討苦吃嗎？她男人做出了那樣的事情，現在她也是沒辦法了啊？現在她就好像溺水的人一樣，抓住一根稻草都當成救命的東西呢。別理會她了，我們高高興興的好不好？」

她再次朝我依偎了過來，「馮笑，你把手機關了吧。」

我笑道：「行，扔了都行。」

還是那座橋，我和她下了車。

今天她不像上次那樣歡快，她站在大橋的欄杆邊俯視著下方的江面。我過去將她擁抱住，「莊晴，我更喜歡你上次的樣子，那時候你好活潑、好可愛。今天你這樣心事重重的樣子，多不好啊，你說是不是？」我對她說。

因為她鬱鬱的樣子，所以我一時間不知道該如何去勸說她，所以說出的話也很沒有說服力。唯有我的聲音很溫柔，而且富有感情。其實，這句話是發自我的內心。

還好的是，我的這種情感感染了她，她側身來看我，「馮笑，我們就坐在這裏，等船來了、火車來了，我們再離開好不好？」

我心裏很高興，「好。」

於是我們坐了下去，現在已經是初冬，她穿的是長褲和皮鞋，我也是。她將雙腿伸出了欄杆外面，然後開始不住地晃動。

她的頭靠在我的肩上，「馮笑，宋梅真的死了嗎？」

我一怔，不知該如何去回答她的這個問題，想了想，「莊晴，你很愛他，直到現在都是這樣，是嗎？」

她在點頭，微微地，隨即發出了幽幽的聲音，「是，可惜的是他不愛我。」

我即刻去握住了她的手，頓時感覺到她的手有些冰涼，於是去將她的另外一隻手也拿了過來，將它們捧在手心裏，「莊晴，那，你是真的喜歡我嗎？」問過之後，我忽然地緊張了起來。

在我問出了這句話後，頓時開始後悔起來，我忽然感到了一種害怕，我害怕她給我的是一個可怕的答案。

第一次我們也是在這裏，那時候的她根本就不愛我，按照她的說法只是看我還比較順眼，只是把我作為報復宋梅的工具。

時過境遷，現在的一切都發生了改變，而我卻明明知道她心裏最愛的人依然是宋梅。

現在，這一刻，我心裏在忐忑地想：如果她真的說出來她其實並不愛我的話，我該怎麼辦呢？

是啊，如果她真的那樣說的話，我該怎麼去對她說下面的話、又如何去處理我們今後的關係呢？

「馮笑，難道你還在懷疑我嗎？我把什麼都給你了，包括我的心，難道你還不滿足嗎？」她幽幽地說道。

我心裏大喜，但是卻依然惶恐，「可是……」

「那只是我，可你不一樣，你看陳圓，她一樣對你那麼好。還有那位常廳長，她對你不也一樣的好嗎？馮笑啊，你這樣的男人可真是極品，看似柔弱，其實是女人的殺手呢。」她笑。

我哭笑不得，「莊晴，你別這樣說，我可不是你想像的那麼壞。」

「我沒有說你壞啊？這是你的優點呢。」她笑，「要是我也是男人就好了，一定要和很多女人玩個夠。」

我不禁駭然，忽然感覺到她今天不大正常，「莊晴，你怎麼啦？」

「哈哈！當男人真好。」她大笑。

這下我真的感覺她不大正常了，心裏忽然害怕起來，說道：

「莊晴，過去的事情你就不要去想了好不好？你剛才不是說了嗎？宋梅既然有那麼多的缺點，他根本就不值得你去愛的啊？何況你們已經離婚，他也已經不在這個世界上了，何苦呢？」

「可是，可是我就是喜歡他，怎麼辦啊？怎麼辦啊？」讓我想不到的是，她竟然忽然痛哭了起來。

我不禁惻然，心裏也有些明白了：我們每個人心裏都有一隻魔鬼，那就是欲望。而女人心中的魔鬼除了欲望之外還有執著，特別是對自己初戀的執著。

「宋梅是我喜歡的第一個男人，也是我的初戀。我怎麼可能忘記他啊？馮笑，你不知道，他那樣對我，但是我卻從來都恨他不起來。我明明知道他很壞，可就是無法忘記他，你說這是為什麼？」

我頓時怔住了，「這……宋梅的優點也很多的，你喜歡他，自然有原因。」

「不。」

她搖頭說道：「馮笑，其實你也很壞。你不要以為我不知道你和那位常廳長的關係。雖然陳圓是我故意讓她和你好的，但是我心裏也很吃她的醋。馮笑，你想過沒有，你和那麼多女人發生關係，你想過你的今後嗎？」

她的話讓我頓時緊張了起來，「莊晴……」

「馮笑，其實你也不是那麼的壞。你與宋梅比起來還是一個很好的人。」我正惶然無措的時候忽然聽到她在笑著說道。

這下我反倒慚愧起來，「莊晴，我確實很壞。其實我也想成為一個好人。可是，現在我怎麼辦？你，還有陳圓，你們怎麼辦？」

她搖頭，「你的壞只是你的意志不堅定，其實你蠻像一個人的。」她說完後便開始輕笑了起來。

我很詫異，「我像誰？」

「金庸小說裏有一個人，段王爺。我覺得你和那個人差不多，見到漂亮女人就去喜歡人家，但是對每一個女人又是真心的喜歡。你和他一樣，都是屬於那種喜新不厭舊的男人。」她笑著說。

我不禁苦笑，「我哪裏是那樣的人啊？」轉念一想，好像她說的還很對。「馮笑，你是屬於那種以前沒有愛過別人，然後一旦愛起來就博愛那種男人。你說是不是？」她問我道。

我汗顏無比，「好像……好像是吧。不，好像也不是。我們婦產科那麼多漂亮女病人，我可沒有見一個喜歡上一個。」

「你喜歡清純的女孩子，不過好像也不是，那位常廳長……」她說，我急忙地打斷了她的話，「莊晴，你別說了，我，我今後再也不這樣了。」

「隨便你吧，反正你又不是我老公。馮笑，我發現你很自私。就算我不喜歡你，不愛你，難道你覺得自己吃虧了不成？」她說。

我頓時尷尬起來，說道：

「莊晴，不是這樣的。我只是覺得，既然你不喜歡我，我們就沒必要再像這樣繼續下去了。你是女人，還年輕，應該趁現在去找一位喜歡自己的男人。這樣繼續下去的話完全是一種浪費，浪費你自己的青春。你說是不是？」

「你是說，如果我是喜歡你的，那麼我們就可以繼續下去？」她卻反問我道。

我再次怔住，我發現自己進入了一種兩難的境地。是啊，馮笑，即使人家喜歡你，愛你，你又能夠給她什麼呢？

「莊晴，我錯了。」我歎息了一聲，手，從她的身上移開。

可是，她卻來抓住了我的手，將我的手重新放到了她的腰上面，「所以我剛才說了，你這個人其實並不壞。你對病人那麼好，對我和陳圓也好。」

我汗顏無比，「慚愧。」

「馮笑，你知道你和宋梅的區別嗎？宋梅這個人臉皮厚，大膽，善於撒謊，從不受道德約束，花招詭計多，一旦有機會就去追那些漂亮的女人，而且從不負責任，認個錯比喝稀飯都容易，往往輕而易舉就能哄得女人回心轉意；當然，那是在他還沒有玩膩的時候，否則即使女方讓步他也能找出藉口分手，後來他堅決要和我離婚就是這樣。你就不一樣了，你不止一次地對我說：莊晴，你去找個男朋友吧，我們這樣下去不好。其實，你比宋梅更可怕，因為你這樣的人讓女人想恨也恨不起來。」

她一直在說，我越聽越心驚，嘴裏嘀咕道：「你剛才不是說了嗎？你說你也恨不起他來啊？」

現在的莊晴就是如此，她明知宋梅有那麼多缺點，也明知他已經離開了這個世界，但就是無法將他忘記。

我不禁歎息，「莊晴，你應該為了你自己活著，不要為了別人。人啊，有時候自私一些還是比較好的。」

「馮笑，我現在什麼都沒有了，我真想從這個地方跳下去，真的。」她說，猛然地從我的懷抱裏掙脫，然後去到大橋的欄杆處。

我大驚，慌忙地站起來去將她抱住，「莊晴，你瘋了?!」

她在我懷裏掙扎，「你別管我，我真的不想活了，我真的不想活了啊。」

就在這個時候，我感覺到橋在顫抖。

火車要來了！

她依然在掙扎，我緊緊地將她抱著，腳下的抖動更厲害了。

過了一陣子，我感覺到這時候的她已經停止了掙扎。

火車過去了，我耳朵裏依然在鳴響，她在我的懷抱裏悄然無聲。

我去看她，發現她的雙眼緊閉著，急忙去摁壓她上唇處的人中……她才悠悠地醒轉了過來，「馮笑，你為什麼要阻止我？」

「莊晴，你幹嘛要這樣？如果你就這樣走了的話，有價值嗎？你想過你的父母沒有？他們會怎麼想？你為了一個不愛你的男人去死掉，這，這值得嗎？」我說，痛心疾首。

「我，我現在什麼都沒有了，我，我活著還有什麼意思啊？我怎麼去面對我的父母，還有我的長輩啊？」她依然在哭泣。

「不是還有我嗎？」我說，「莊晴，你放心，我會好好喜歡你的，會一直對你好的。真的，你相信我。」

「你有老婆，還有陳圓。」她說，抽泣得厲害。

這一刻，我忽然明白了：她，她今天為什麼要把我叫出來了，為什麼要到這個地方來了。原來，她需要的是我的一個承諾。

可是，我能夠承諾嗎？

趙夢蕾已經那樣了，陳圓也有了我的孩子，我已經焦頭爛額了，在這種情況下我能夠把自己的承諾給她嗎？

她在我的懷裏哭泣，滿臉的梨花帶雨。

我心裏很難受，有躊躇，很無奈。

或許，她剛才只是一種做作，只是演戲在給我看。

但是，萬一她是真的不想活了呢？

而且，今天是我陪她出來的，萬一她真的有個三長兩短的話，怎麼得了？

她依然在哭泣。我心裏很難受。

馮笑，你愛她嗎？

我在問我自己，反覆地問我自己。

幾次在心裏自問過後我知道了：我並不愛她，只是喜歡她而已。

猛然地，我想到了一個問題：陳圓！

想到了那種可能，我頓時慌張起來。

假如我現在不答應她，她會去傷害陳圓嗎？要知道，陳圓是我和莊晴之間除了趙夢蕾之外的唯一障礙啊。

莊晴心裏非常明白，我和常育是不可能產生婚姻的。而現在，趙夢蕾已經成了那樣，也許在莊晴看來，我和趙夢蕾離婚是遲早的事情，假如趙夢蕾被判上十年以上的徒刑的話，難道我會等她十年嗎？

這個問題我也曾經問過我自己，我告訴我自己說，我會等的，一定會等的，因為我對她曾經的那份感情，還有對她的負疚。但是，莊晴會相信我的那種執著嗎？我想，她一定不會相信的。

頓時有了主意，「莊晴，我很喜歡你，真的。但是我不能與趙夢蕾離婚，她是我的妻子，即使她現在已經這樣了我也不能和她離婚，不管她今後被判了多少年我都會等她的。你不知道，她曾經遭受過多大的痛苦和折磨，而且，她是我真正的初戀情人。就如同你心中的宋梅一樣。莊晴，如果不是這樣的話，我一定會娶你的。可是……哎！」

她卻在搖頭，「馮笑，你不會娶我的。現在陳圓已經有了你的孩子，即使你和你老婆離婚也還輪不到我。我完全知道。所以，我覺得自己這樣活著更沒有意思了。我喜歡的第一個男人不愛我，喜歡的第二個男人卻不能娶我，馮笑，你說我活著還有什麼意思？」

「你還年輕，今後的路還很長，這個世界有那麼多優秀的男人，你幹嘛只看到現在身邊的人？我說了，你現在最大的問題是不能從自己的世界裏面逃出去，你應該去和更多的人接觸，去和更多的人交往。」我對她說。

「那麼，馮笑，」她停止了哭泣，「假如我喜歡上了另外的男人，你會吃醋嗎？你捨得我嗎？」

我頓時怔住了，我發現這是一個很難回答的問題。當然，我可以欺騙她，但是卻忽然感覺到欺騙她也不行的——如果我說自己不吃醋、捨得放棄她的話，那就是說明我對她根本就沒有感情，這樣一來她豈不是會更加難受？

所以，我決定還是說實話，「莊晴，我當然會吃醋，當然會捨不得你。不過，我知道自己不能給你更多的幸福，所以只要你覺得幸福，只要你能夠找到一個你喜歡的人，我也就捨得了，也就願意放棄你了。我不能太自私，因為我不能給你更多。」

「馮笑，你幹嘛不騙我啊？你這樣……嗚嗚！」她卻又哭了起來，「你這樣讓我如何捨得離開你啊？」

「既然你捨不得離開我，那我們就像從前那樣繼續生活下去吧。莊晴，有些事可能現在我們都解決不了，但時間會解決一切的，你說是嗎？」我溫言地對她說。

「對不起，馮笑。」她輕聲地說道。

我猛然一驚，「莊晴，你這是什麼意思？你千萬不要再想不開啊？我求求你了好不好？」

她淒然一笑，「馮笑，你幹嘛對我這麼好啊？」

「因為我喜歡你，真的。」我說。

「我知道了，你只是喜歡我，但是你根本就不愛我。是吧？」她問道。

「我……愛的。我愛你的。」我急忙地道，覺得自己好像還真的對她有一種愛情的成分在心裏面。

她搖頭，「你別騙我了。我知道的。你心裏最愛的其實是陳圓，其次是你老婆，最後才是我。對不起，馮笑，我今天又一次欺騙了你。剛才我並不是真的要去自殺，我是想逼你說出要娶我的話來。馮笑，我現在什麼都沒有了，我好想有一個男人來愛我，真正地愛我啊。

「馮笑，你不是不止一次地問過我嗎？你問我是不是喜歡你、愛你。其實我以前也不知道。但是現在我知道了，我真正愛的人還是宋梅，那個王八蛋宋梅！當然，我也有些愛你的，真的。不然的話我今天幹嘛要逼你？馮笑，你就是這點好，你不喜歡欺騙人。

「其實我心裏也很矛盾，剛才，我是多麼希望從你嘴裏說出你要娶我的話啊，但是我又害怕你說出那樣的話來。因為我知道，如果你說出來了就是在欺騙我，我知道你更愛陳圓的。你現在欺騙了我，在今後就會進一步地欺騙我，就好像宋梅以前一樣。馮笑，對不起。也許你說得對，時間，時間會改變一切。」

聽她這樣說，我開始的時候不禁震驚，然後是尷尬，最後才是感動。現在，我完全地放心了。

忽然地，我想起一件事情來，說道：「莊晴，你身上不是還有一張卡嗎？那上面可是一百萬啊。」

「那不是我的錢。宋梅死了，那筆錢遲早會被追回去的。」她黯然地道。

「你是他的前妻，你們離婚的時候他沒有給你財產？」我問道。

「就是那套房子。其實他手上沒有多少錢的。他也是在外面撐門臉罷了。後來他通過關係貸了不少的款，我估計現在他公司的資產也就剛剛夠償還他的那些貸款罷了。」她歎息著說。

我也歎息，「幸好是這樣，不然你的這套房子都保不住了。」

「也許這一百萬就是我的了。」她忽然地說道。

我詫異地看著她。

「我去查看過那張卡，上面的名字竟然是我的。」她說。

我驚訝萬分，「怎麼會這樣？」轉念一想，頓時就明白了：這肯定是宋梅當時耍的一個花招。他擔心專案出問題後不好從我手上拿回那筆錢，但是又擔心我說他不守誠信。於是他才把那張卡辦成莊晴的。這樣一來即使出了問題，他也可以拿回那筆錢。這個人太聰明了，心眼也是那麼的多，可惜天嫉英才……我在心裏歎息。「莊晴，你知道他為什麼要這麼做了吧？其實他心裏還是有你的。」

我本來想通過這件事情讓她心裏好受一些，但是說出來後就後悔了：馮笑啊，你傻啊？在這種情況下你越是說宋梅的好，就會讓她越難受的啊。

「宋梅這個王八蛋，才不會想到我呢，他只是為了這筆錢的安全。現在我心情好了。我有錢了。馮笑，我明天要去把這筆錢花光。即使今後那個王八蛋家裏的人要把這筆錢收回去的話，我也要先享受了再說。哈哈！馮笑，你說得真對，我幹嘛要去死啊？我得好好享受才是！」她大笑著說。

我不禁駭然。

剛才，她痛哭淋漓，吵鬧著要從橋上跳下去，我嚇得魂飛膽喪。現在，她忽然變成這樣了，我依然感覺到膽戰心驚。「莊晴，你，你不要這樣好不好。那是一百萬呢，不是一百塊！」

「明天，明天我就去把這筆錢花光！」她依然大笑，隨即從我懷裏掙脫了出去，隨即來挽住了我的胳膊，「走，馮笑，我們去泡溫泉去。你不是喜歡我的小腿嗎？今天我讓你好好親我那裏。」

我再一次地驚駭莫名。我感覺到她現在完全變得不正常了。

「莊晴，你沒事吧你？」我問她道，聲音很小，因為我害怕過度地刺激她。

她朝我嫣然一笑，說道：「馮笑，你這是怎麼啦？我哭的時候你害怕，現在我高興了你還是害怕。我沒事，真的。你放心好了。今天我很高興，至少你讓我可以忘記宋梅那個王八蛋了。現在想起來我以前真不值得。你說，我怎麼會去喜歡那個王八蛋呢？怎麼會對那個王八蛋念念不忘呢？我真傻！」她隨即大笑，笑得嘶聲力竭。

她瘋了？難道她真的瘋了？

我頓時被她現在的樣子嚇壞了。

這時候一輛長途車從我們來的方向開了過來，莊晴猛然地放開了我，快速地跑到橋的中央，她在那裏跳躍著，揮舞著她的雙手，「停車，我們要坐車！」

我快速地朝她跑去，緊緊地將她抱住，「莊晴，你瘋了？」

汽車在我們面前停下，駕駛員伸出頭來大罵道：「哪來的野丫頭?!找死啊？」

莊晴大怒，猛然地掙脫了我，跑上前去狠狠地踢了客車的前面一腳，「哎喲！」她忽然地蹲了下去，「你撞壞我了，你撞壞我了！」

那位司機哭笑不得，他看著我問道：「她沒什麼毛病吧？」

我急忙地向他道歉，「對不起，她今天心情不好。」

「上來吧，小丫頭，對不起啊。」司機急忙道歉。看來他也不想惹上這樣一個人。

莊晴頓時笑了起來，「這還差不多。」

司機哭笑不得，連連搖頭，「這都什麼事啊？」我再次道歉，心裏苦笑不已。

還是那個小鎮。

她買了些東西，我付錢。

她下車後一直沒和我說話，我也不說，因為我的心裏很不安。

「我餓了。」買完東西後她終於說話了。

我心裏稍微放鬆了緊張，「你想吃什麼？」我溫言地問她道。

「這種小地方能夠有什麼？走，我們去找一家小食店，隨便炒幾樣菜，隨便吃點就可以了。」她說。

在她說話的時候我一直在看著她，發現她現在變得完全正常了，看不出有什麼問題。

她瞪了我一眼，「幹嘛這樣看我？」

我苦笑了一下，急忙去看周圍，「那裏就有一家小食店。」

她過來挽住了我的胳膊，「馮笑，我今天嚇壞你了是吧？」

我點頭，「是，我現在都還在害怕呢。」

她低聲地道：「對不起，我心情很不好，我完全想不到宋梅會那樣死去。不過我現在好多了，我發洩完了。憑笑，其實我現在根本就記不得前面我說了些什麼了，如果我前面說的話有什麼不對的地方，你不要計較啊，好嗎？」

我根本就不相信她的話，因為我清楚地記得她前面的那些話很有邏輯的，而且好像完全是發自她的內心。

轉念一想，也許正如她自己所說的那樣，她確實不記得她前面說的話、所做的一切了，也許她前面真的處於一種狂亂的狀態，但，那不是正好說明她的那些話、那些舉動出自於她的內心嗎？

準確地講，那是她潛意識裏的東西啊。

也許那才是最真實的她。現在的她反而不真實了，因為她已經把她內心的一部分給包裹了起來，就如同平常的我們一樣。

「沒事，只要你心情愉快就行。」我說。

「哎！」她幽幽地歎息了一聲。

很快地我們就吃完了午飯。小食店的菜不好吃，而且油很重，不過我看她吃得倒不少，我也竭力地讓自己填飽了肚子。

還是那條上山的小路。

我和她第一次來的時候，就在這條小路上，她在我的前面，她穿的是裙子，我跟在她的身後，內心忐忑，但是她美麗的小腿讓我心旌搖曳，所以那時候的我是充滿著期盼的。

但是現在，她卻非要我走前面，因為她說她要在後面拉住我的手，這樣她上山才輕鬆一些。

我當然不會反對。於是我一隻手提著剛買來的那些東西，另一隻手去拉住她。就這樣，我們一起上山。

走了不一會兒她就停下來了，「馮笑，我要你背我。」她說。

於是我蹲了下去，「來吧。」

她「咯咯」地笑，隨即匍匐到了我的背上，她的手將我的頸項環抱，我把手上的東西遞給了她，「你拿著。」隨即將她的雙腿抱在了我身體的前方。站起，慢慢地朝山上走去。

「馮笑，你真好。你怎麼對我這麼好呢？」她在我背上說。

我內心的溫情頓時升騰起來，「因為我喜歡你。」猛然地，我感覺到她在親吻我的耳垂，頓時感到全身一陣酥麻，我的身體猛然地搖晃了幾下，因為我忽然感覺到自己的雙腿沒有了力氣，「別鬧了，會摔倒的。」我急忙地道。

她的唇離開了我的耳垂，幾聲嬌笑之後來到了我臉頰，她在輕輕地吻我，「我就要，嘻嘻！馮笑，我發現我真的很喜歡你呢。」

我頓時怔住了，「你以前不喜歡我是吧？」

她的舌頭在舔舐我的臉，讓我感到麻酥酥的，「別鬧了，你像小狗一樣。」

她頓時大笑起來，「你才是小狗！馮笑，你怎麼還不明白呢？我一直都很喜歡你的啊，只不過我發現自己現在更喜歡你了。」

現在，我真的有些相信她記不得前面的事情了。

還是那條瀑布。

我們終於到了。

我氣喘如牛，將她放下後頓時坐倒在了地上。

她即刻將我扶了起來，「別坐在地上啊，容易感冒的。你知道我為什麼要你背我嗎？我就是要讓你出一身汗呢，不然的話你回去後很容易生病的，現在不是上次那樣的天氣。知道嗎？」

這一刻，我心裏忽然有了一種感動。

現在是冬季，山上的氣溫已經變得有些低了。瀑布也沒有了上次見到的那麼壯觀，不過眼前的水潭還是一樣的大小。

看來這個水潭的底部沒有裂痕，上面進多少水下面就流出去了多少，所以才能夠一直保持這樣的大小。不過水潭現在的情況與上次不一樣，因為現在是冬季，而水潭裏的水溫要高於氣溫，所以一到這個地方的時候，我就發現水面上有一層薄霧在繚繞。這層薄霧頓時給了我一種溫暖的感覺。

莊晴轉到山那邊去了，她告訴我說她要去換衣服。

不一會兒她就回到了水潭邊，她的身體有些哆嗦。因為她現在的身上只有一件泳衣。

她白皙如雪的身體就在我的面前，而且她的那件泳衣下方有著短短的裙擺，這就讓她的腿看起來非常的漂亮迷人了。

我看著她，眼睛都直了。現在，我的身上也只剩下了一條游泳褲，但是卻忘記了寒冷。

「幹嘛？傻了？」她朝著我嗔怪地笑道，隨即抬起她的一條腿來，「怎麼樣？好看嗎？」

我頓時癡了，「太美了，太漂亮了……」

她「咯咯」嬌笑，隨即去到了小潭裏。

我腦海裏頓時浮現起我們第一次來這裏的情景。

我頓時激動起來，快速地朝著潭水撲去。頓時被溫暖包裹，潭水的溫度應該在四十二度左右，這是冬季洗澡最舒服的溫度。

我沒有去管她身體的扭動，伸出舌頭去輕輕地吻著她的小腿，溫柔地、一點一點地去親吻。她頓時不再動了，我感覺得到，她的身體癱軟了下去……

還是那條下山的路。

她要我背她下山。這次我沒有同意，因為我的全身已經酸軟了。我和她，從中午一直到剛才，在天色即將灰暗下去的時候才結束了一切。

我和她，像兩條快活的小魚在這個水潭裏面翻滾。

我們一次次歡愛，變換著各種姿勢，一會兒去到瀑布後面，就在那塊光滑的石頭上面，她躺著，我跪著……她匍匐著，我站在她身後……我躺著，她在我上面……我們嬉戲著，試圖從對方的身上找到無盡的快樂。

直到最後，我和她的膝蓋處都已經血跡斑斑。然後去到潭水裏面，讓溫暖的潭水替我們的膝蓋止血、療傷。

我不願意背她，她有些生氣。於是我說：「我抱你吧。」她這才高興起來。可是我抱著她走了沒幾步就頓感乏力了，只好苦笑著將她放下。她「咯咯」地笑，「馮笑，我是看你是不是真的對我好。」

我哭笑不得。

請續看《帥醫筆記》之五　晴天霹靂

帥醫筆記 之4 生死之間

作者：司徒浪
發行人：陳曉林
出版所：風雲時代出版股份有限公司
地址：105台北市民生東路五段178號7樓之3
風雲書網：http://www.eastbooks.com.tw
官方部落格：http://eastbooks.pixnet.net/blog
Facebook：http://www.facebook.com/h7560949
信箱：h7560949@ms15.hinet.net
郵撥帳號：12043291
服務專線：(02)27560949
傳真專線：(02)27653799
執行主編：劉宇青
美術編輯：許惠芳

法律顧問：永然法律事務所 李永然律師
北辰著作權事務所 蕭雄淋律師

版權授權：蔡雷平
初版日期：2015年8月
初版二刷：2015年8月20日
ISBN：978-986-352-201-0

總 經 銷：成信文化事業股份有限公司
地　　址：新北市新店區中正路四維巷二弄2號4樓
電　　話：(02)2219-2080

行政院新聞局局版台業字第3595號 營利事業統一編號22759935

定價：280元　特價：199元

國家圖書館出版品預行編目資料

帥醫筆記／司徒浪著. -- 初版-- 臺北市：風雲時代，
2015.06 -- 冊；公分

ISBN 978-986-352-201-0（第4冊；平裝）

857.7　　104008026